贵州财经大学重点学科出版资助

金庸武侠小说研究

袁武 —— 著

中国社会科学出版社

图书在版编目(CIP)数据

金庸武侠小说研究/袁武著. —北京：中国社会科学出版社，2021.6（2021.11重印）

ISBN 978-7-5203-8348-6

Ⅰ.①金⋯ Ⅱ.①袁⋯ Ⅲ.①金庸(1924-2018)—侠义小说—小说研究 Ⅳ.①I207.425

中国版本图书馆 CIP 数据核字（2021）第 076139 号

出 版 人	赵剑英
责任编辑	郭晓鸿
特约编辑	杜若佳
责任校对	师敏革
责任印制	戴 宽

出 版	中国社会科学出版社
社 址	北京鼓楼西大街甲 158 号
邮 编	100720
网 址	http://www.csspw.cn
发 行 部	010-84083685
门 市 部	010-84029450
经 销	新华书店及其他书店

印 刷	北京明恒达印务有限公司
装 订	廊坊市广阳区广增装订厂
版 次	2021 年 6 月第 1 版
印 次	2021 年 11 月第 2 次印刷

开 本	710×1000 1/16
印 张	14
插 页	2
字 数	165 千字
定 价	78.00 元

凡购买中国社会科学出版社图书，如有质量问题请与本社营销中心联系调换
电话：010-84083683
版权所有 侵权必究

目　录

自序 / 1

第一章　引言 / 1

第二章　优美的语言 / 4
  第一节　环境描写 / 4
  第二节　人物描写 / 13
  第三节　动作描写 / 20
  第四节　人物语言 / 27
  第五节　总结 / 39

第三章　引人入胜的情节 / 46
  第一节　高超的写作技巧 / 46
  第二节　圆形结构 / 70
  第三节　情节为主题服务 / 77

第四章　鲜明的人物形象 / 93

　　第一节　正面人物 / 93

　　第二节　反面人物 / 108

　　第三节　中间人物 / 117

　　第四节　雅俗小说之分 / 125

第五章　丰富的文化内涵 / 134

　　第一节　从大汉族主义到各民族平等 / 134

　　第二节　从儒家到道家到佛家 / 152

　　第三节　对雅文化从推崇到嘲弄 / 174

第六章　瑰奇的白日梦 / 182

　　第一节　小说与白日梦 / 182

　　第二节　写情圣手 / 189

　　第三节　金庸圆梦 / 193

　　第四节　英雄情结 / 209

后记 / 217

自　序

我1990年本科毕业回到家乡贵州的一所大专任教，主要教写作。给学生讲作品，学生经常说这本书没看过、那本书没看过，但有一种作品他们基本上都看过，那就是金庸的武侠小说。我本人也非常喜欢金庸的武侠小说，所以后来我举例很多时候用金庸的武侠小说。可能是因为贵州落后吧，过了两三年，我被叫到校长办公室，校长说我讲金庸的武侠小说很庸俗，我说北大的陈平原编的《二十世纪中国文学大师文库》连茅盾都没有被选上，金庸却排在第三位。其实当时讲错了，校长却被我唬住。

当然我在学校的境遇就可以想见了。1995年2月去华东师大读硕士，第一个学期结束前老师说下学期回来就要定导师定题目了。本来我想写沈从文的，但暑假回到家没有按预定计划把原来看过的沈从文的作品再看一遍，却把看过很多遍的金庸的小说又都看了一遍。想起室友曾半开玩笑地说："你就写金庸的嘛！"我想："是啊，为什么我不写金庸的呢？"定了题目还要定导师，有个女同学建议我选李劼老师，而从小被父亲批评为盲目自信的我当时认为："有谁比我更懂金庸呢？"就选了教我们"小说叙事

学"的、告诉我们从来不看金庸小说的刘勇老师做导师。虽然后来对李劼老师有了一点了解,后悔了想去改,但已不可能。就像年少轻狂时和生活开的别的几次玩笑一样,结果都是被生活开了更大的玩笑,我是全班15个同学中唯一一个推迟一年答辩的。

　　本以为读了华东师大的硕士回学校日子会好过一些,谁知道还是一样。2006年辞职到川大读博,本意是不想再回家乡,但毕业前七十几岁的老父一声叹息把我拉了回来。换了一个学校,主要教中国古代文学。后来让报选修课,我报了和博士论文相关的——"魏晋南北朝小说选读",还报了硕士论文的题目——"金庸武侠小说研究",后者获得了通过。能堂而皇之地讲金庸了,却发现现在的学生不仅这本书那本书没看过,金庸的作品也基本没看过,他们选这门课是希望我把它上成金庸武侠小说故事会。我通过各种方法劝他们、哄他们,甚至是逼他们去看,但收效甚微,一个学期下来把金庸的武侠小说全部看过的一个班只有几个人,这令我很困惑。而这个问题我到今年评阅本科毕业论文时才明白。从教近30年,我虽然一直有九斤老太"一代不如一代"的感叹,但是从来没有像今年看到的有些论文令我觉得这么可怕。不像有的老师说的像草稿,有几篇纯粹就是胡搞,就像说梦话、说酒话。开始我不明白为什么会这样,但当看到一篇研究一个连我都知道他名字的当红时尚"作家"的论文中的引文时,我明白了,读这样语无伦次的作品长大的孩子写出来的东西自然也是语无伦次的。而我也就明白了前面所述的困惑。我国现行教育是和传统脱节的,然而传统是沉浸在人的血液中的,但是到今天这些沉浸在血液中的东西看来也基本上要消失了。原来说上至专家学者、下至贩夫走卒都有大量的金庸迷,而现在就是中文系

自 序

的本科生有些也都欣赏不了金庸作品中的美了。他们能够欣赏的就是那些所谓"时尚"的东西。

金庸的武侠小说曾经是时尚，而且这个时尚持续了几十年，影响了几代人。它"好看"，教人向上、向善，虽然今天已不再是时尚，但是研究它，研究它的"好看"，研究它独特的世界，我想仍然是有意义的。

第一章 引言

每当朝代更迭，精英们都会思考前朝灭亡的原因，试图从中吸取经验教训，而历史书告诉我们，精英们似乎总是吸取了错误的经验教训。推翻了强大的元帝国的朱元璋决定闭关锁国，一向有着开放心态的中华帝国开始真正走向衰落。纵观中国历史，一直都有内忧外患，国运、国势起起落落，但是国人一直相信"海纳百川，有容乃大"，所以中国人一直屹立于世界民族之林。从汉武帝时成为中国文化主体的儒学本来就在一定程度上束缚了国人的思想，闭关锁国后国人的心态更是趋向封闭。纵观世界历史，开放、交流总是使一个国家繁荣昌盛，而闭关锁国必定使一个国家落后挨打。近现代的中国风雨飘摇，总是处于落后挨打的局面。在以往的外患中我们还能自信是天朝上国，即使被异族灭了国，国人还能保留文化的优越感。而现在发现这些非我族类的蛮夷在科学、技术、军事、医疗、文化各个方面似乎都比我们强，这种失落是空前的。不仅别人来打我们，国内还频频内乱，太平天国、义和团、军阀割据，之后还有日本的侵略。最后共产党打败了日本侵略军，把国民党赶到了台湾，建立了中华人民共和国。

新中国走的是社会主义道路，信仰的是马克思主义，传统的封建文化被批判、抛弃。后来，由于极左路线的影响，国民经济和文化事业都走到了崩溃的边缘，老百姓的物质生活和精神生活都极度贫乏。幸好迎来了改革开放，虽然百废待兴，但各行各业都出现了欣欣向荣的气象。

在这样的背景下，金庸的武侠小说从孤悬海外的香港登陆了。

金庸，本名查良镛，出生于海宁世家。他读中学在抗战时期，读大学于国共内战。母亲病故于抗战的颠沛流离，父亲死于新中国镇反[①]。由于出身，他在新中国放弃了年少时的外交官梦想[②]。《大公报》对他到香港的短暂派遣却决定了他以后的一生[③]。萨特说人生就是选择，中国人说人的命天注定。人如何选择？老天如何决定一个人的命运？这两种说法也许可以这样连接起来：人的命运被注定在他的性格中，性格决定选择。当年变"左"了的《大公报》要求员工统一思想，而天生崇尚自由的查良镛难以接受，[④]决定离开《大公报》，和沈宝新创办《明报》。很多人对他能把《明报》从一张小报办成一个报业帝国归结为机遇，而笔者认为机遇固不可少，但关键是他的性格。他的性格天生有任侠的一面。抗战逃难求学期间他因为任侠差点被开除，生活差点难以为继。[⑤] 按照他的说法，他的第一次大学生涯被迫结束也是因为任侠。[⑥]《明报》从默默无闻变得受众人瞩目，是在1962年5月。三年大饥荒使大陆饥民爆发了逃港大潮。20万饥民逃港对于

[①] 参见傅国涌《金庸传》"第四章四、父亲的噩耗"，浙江人民出版社2013年版。
[②] 参见傅国涌《金庸传》"第四章三、梦断京华"。
[③] 参见傅国涌《金庸传》"第四章一、'你去半年再说'"。
[④] 参见傅国涌《金庸传》"第五章五、告别《大公报》"。
[⑤] 参见傅国涌《金庸传》"第二章五、《阿丽丝漫游记》"。
[⑥] 参见傅国涌《金庸传》"第二章十一、中央政治学校外交系"。

第一章　引言

香港来说无疑是一件巨大的社会政治事件，而如何应对则是每个人不同的选择。查良镛在《大公报》供职10年，"深知左派对付异己的态度，内心顾虑多多，知道会得罪许多朋友。他想到不久的将来，左派会借故进攻，什么帽子都会送来，甚至以后一生的日子都会很不平安。面对事实和良心的严重考验，他的内心在挣扎，最后他还是下决心大篇幅地如实报道，发表成千成万同胞的苦难"①。所以，令《明报》崭露头角的不是饥民逃港大潮，或者说主要不是饥民逃港大潮，而是他的任侠和良知。

他赤手空拳来到香港，后来名列香港富豪榜，再后来还成为香港基本法起草委员会成员。而他的最大成就，或者说对世人影响最大的却是当初为了让报纸好卖，以金庸为笔名创作的武侠小说。

---

① 傅国涌：《金庸传》，第145页。

第二章　优美的语言

一部小说首先吸引到读者的是什么？自然是书名。那其次呢？可能是情节、人物、主题，甚至前言、后记。每个读者喜欢的东西不同，但无论情节、人物、主题，还是前言、后记，包括书名，都必须靠语言来完成。所以，一部小说首先接触到读者并使之着迷的是它的语言。

第一节　环境描写

有一种说法是今天中国大陆的女孩子很庸俗，相亲首先就谈要有房有车。我们不来讨论这种说法到底涵盖了今天大陆多少女孩子，仅仅来讨论一下这个说法本身。这里的车肯定指的不是自行车，自行车作为结婚"必需品"是在20世纪70年代。如果指的是汽车，这不是生活必需品。那房呢？如果不论地段、不论面积，不论全款还是按揭，不论买还是租，而是仅仅要有一个遮风避雨的地方，那是必需的。不要说结婚生子，组建一个家庭，就是一个人生活，也必须要有一个遮风避雨的地方。

第二章　优美的语言

　　只要有一点文学常识的人在阅读一部小说之初就知道它是虚构的，也就是说是假的，是作者编造的，但是，如果你被这部小说吸引了，你会发自内心的相信它是真的。或者也可以表述为这种确信是随着阅读进程推进而加深，也就是说你逐渐被它迷住了。就这一点而言，成功的作家是伟大的，他伟大得就像上帝，他用文字符号创造了一个虚拟的世界，而读者发自内心的愿意相信它是真实的。我们说小说的真实是艺术的真实，也就是说它是虚构的，但是它符合常理、常情，也就是说符合常识。但其实究竟在多大程度上符合常识，这是要针对读者来说的。同一部小说，有的读者觉得符合常识，而有的读者认为违背常识。一般来说，受教育程度越高的读者越挑剔。而这又有另一种情况，即使对于同一个读者，两部小说犯了同样的常识错误，他会认为自己喜欢的这部小说是可以原谅的，另一部则是无法原谅的。但是，无论如何，运用抽象的文字符号来创造一个让读者感觉非常真实的虚拟世界是一件非常了不起的事情，而且，这是非常不容易办到的，尤其是当你希望读者群很大的时候。对于这一点，它包括的东西很多，需要探讨的东西也很多。对于我们置身其中的这个现实世界，毋庸置疑，它的主角是人，起码我们人是这么认为的。创造一个虚拟世界要真实感强，就是要很像现实世界，也就是说，写小说的关键是写人。用抽象的文字符号创造人，并且要他"活"起来，谈何容易。现实世界中的人生存、活动必须要有一个空间，想要小说中的人"活"起来，也必须给他提供一个生存、活动的空间。所以，小说的环境描写非常重要，我们难以想象一部没有环境描写的小说，也难以想象一部环境描写差的小说会是一部好小说。

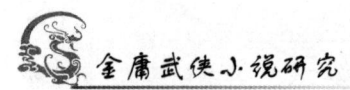

俄国批评家洛特曼通过指明人类想象中空间范畴占主导地位而对此作了解释……如果空间想象确实是人类的特性,那么,在素材中空间因素起着重要作用也就不足为奇了。①

环境描写不仅为小说中的虚拟人物提供一个活动的空间,而且一部空间感差的小说难以满足读者对空间想象的渴望,也就是说不能让读者如身临其境,从而失去对读者的吸引力。金庸正是通过成功的环境描写,虚拟出一个个"真实的世界",让他的虚拟人物生活于其中,并满足了读者的空间想象。

金庸写景可以说是让人如同身在其中,写草原是莽莽苍苍,写高山是峻峭雄伟,写大河是奔腾咆哮,写小溪是淙淙流水……还别说是像看得见,他写的天南地北的气息简直都要扑面而来。而我们知道他笔下的很多地方他是没有去过的,起码当初写这些武侠小说的时候没有去过。正如郦道元《水经注》中的《三峡》写得非常漂亮,作为名篇选入新中国中学教材,但我们知道郦道元一生没有到过三峡,而《太平御览》所载活动年代早于他的南朝宋盛弘之《荆州记》中有关三峡的一段文字和它只相差几个字②。魏晋南北朝还没有版权这个说法,抄书的现象很普遍,一则当时是中古,二则中国的很多古籍正是靠这样的抄书才保留下来。李白的一首中国人耳熟能详的《早发白帝城》应该也与这一段文字有关。当然,金庸不可能去抄,也不能去抄,但可以像李白那样去借鉴。凭借鉴,靠想象,能把从未去过的地方写得活灵

---

① 〔荷〕米克·巴尔:《叙述学——叙事理论导论》,谭君强译,中国社会科学出版社1995年版,第49页。

② 见(北宋)李昉等《太平御览》卷五三,中华书局1960年版,第259页。

第二章　优美的语言

活现，最起码不让读者起疑心，真是很了不起的，不得不说金庸拥有超凡的空间想象能力。

　　陈达海游目四顾，打量周遭情景，只见西北角上血红的夕阳之旁，升起一片黄蒙蒙的云雾，黄云中不住有紫色的光芒闪动，景色之奇丽，实是生平从所未睹。

　　但见那黄云大得好快，不到一顿饭时分，已将半边天都遮住了。这时马队中数十人汗如雨下，气喘连连。陈达海道："大哥，像是有大风沙。"霍元龙道："不错，快追，先把女娃娃捉到，再想法躲……"一句话未毕，突然一股疾风刮到，带着一大片黄沙，只吹得他满口满鼻都是沙土，下半截话也说不出来了。

　　大漠上的风沙说来便来，霎时间大风卷地而至。七八人身子一晃，都被大风吹下马来。霍元龙大叫："大伙儿下马，围拢来！"

　　众人力抗风沙，将一百多匹健马拉了过来，围成一个大圈子，人马一齐卧倒。各人手挽着手，靠在马腹之下，只觉疾风带着黄沙吹在脸上，有如刀割一般，脸上手上，登时起了一条条血痕。

　　这一队虽然人马众多，但在无边无际的大沙漠之中，在那遮天铺地的大风沙下，便如大海中的一叶小舟一般，只能听天由命，全无半分自主之力。[①]

[①] 金庸：《雪山飞狐·白马啸西风》，生活·读书·新知三联书店1994年版，第296—297页。

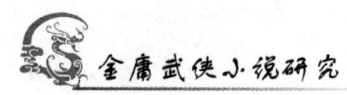

自然,他写得最成功、最吸引人的还是江南的景色。虽然他青年时代就离开了江南去香港,但家乡应该才是最令他魂牵梦萦的地方。让我们来看看《天龙八部》中描写的江南风光:

这时正是三月天气,杏花夹径,绿柳垂湖,暖洋洋的春风吹在身上,当真是醺醺欲醉……舟行湖上,几个转折,便转入一座大湖之中,极目望去,但见烟波浩渺,远水接天……二女持桨缓缓荡舟,段誉平卧船底,仰望天上繁星闪烁,除了桨声以及菱叶和船身相擦的沙沙轻声,四下里一片寂静,湖上清风,夹着淡淡的花香……①

这一段文字在原文中实际跨越了 30 页的篇幅,是笔者把它们凑拢来的,否则金庸就不像在写小说,而像在写散文了。当然,比这段文字长得多的环境描写在别人的小说中比比皆是,这就引出了环境描写的第二个作用:环境描写和情节交叉进行,是造成小说节奏感的一个主要因素。

优秀的作家都知道,有一个好的故事绝不能一下就把它讲完。说到底,写传统小说其实就是在讲故事。好的故事是一篇好的小说的基础。没有一个好的故事,一切均无从谈起。所以,一个好的故事是作家梦寐以求的。说大一点,所有叙事性的文学艺术作品,叙事性的影视、音乐……作品的创作者都孜孜不倦地寻找一个好的故事。找到一个好的故事,一件好的作品就有一半了。下面就是如何去讲这个故事。不管怎样去讲,总之不能一下

---

① 金庸:《天龙八部》(二),生活·读书·新知三联书店 1994 年版,第 410—439 页。

第二章 优美的语言

把它讲完。就像讲相声的绝不能一下就把"包袱"解了，得慢慢地、一层一层地解，观众被急得抓心挠肺的，最后才把"包袱"抖开。

如何去讲这个故事，如何把这个好不容易得来的故事讲好，如何讲得没有缺憾，如何把作者的情思寄托进去，如何把作者如鲠在喉不吐不快的情思寄托进去，各人就有各人的路子，但绝没有谁会把它一下讲完，除非新手、庸手。所以，故事进行的节奏，小说的节奏感就非常重要。如何让这个故事的效果最大化？如何在讲到最精彩的地方突然刹车，吊起读者的胃口而又不引起读者反感？各人有各人的做法。普遍的做法就是两种，一种是中国传统话本小说所说的"花开两朵，各表一枝"，暂时放下正在叙述的线索，拿起另一条线索来叙述。对于两条线索以上的小说这样操作是很方便的，比如金庸的《天龙八部》。但对于线索单一的小说这个方法就不好用了，普遍采用的是另一种方法：插入环境描写。

至于如何进行环境描写，这和每个作家对环境描写，对小说的节奏的理解有关。从呈现出来的文本来看，总的来说，环境描写在小说中占据篇幅的比重，古代的比现当代的轻，中国的比西方的轻，传统的比现代、后现代的轻。这关系到一个对小说的理解的问题。中国古代小说无论内容如何荒诞离奇，我们的古人（无论作者还是读者）都认为它应该是真实的。小说在中国古代地位低下，或者说在中国传统文化中地位低下，也正是这个原因。因为中国传统文化的主干是史官文化，传统文人的史官意识特别发达，所以小说因为它内容的荒诞不经而被视为"丛残小语"（桓谭《新论》）。班固说："小说家者流，盖出于稗官。街谈巷语，道听途说者之所造也。孔子曰：'虽小道，必有可观者焉，致远恐泥，是以君子弗为也。'然亦弗灭也。闾里小知者之所及，亦使缀而不忘。如或一言可采，此亦刍荛狂夫之议也。"① 小说在中国古代的不受重视由此可见。我们前面提到的文学常识——小说是虚构的，这是今天的，是鸦片战争之后我们的国门被西方列强的坚船利炮打开之后，我们的天朝上国梦被粉碎之后，我们接受的无数西方观念之一。小说是虚构的，那故事怎么编造就随作者的便，可以任意发挥想象，只要不违背读者认可的常识。如果认为小说是真实的，那作者发挥想象的余地就很有限（虽然有时中国古代小说文本呈现出来的似乎作者的想象已经到了荒诞离奇的地步，但其实那是思想认识问题，是另一个问题），而为了吸引受众，作者就会非常注重故事性，也就是说会非常注重情节，那环境描写占的比重就不可能大。自然，金庸是接受现代教育长大的，他的小说的观念应该也是接受西方的，但是正如他的武侠小说呈现出来的非常浓郁的中国味，他的环境描写比重不高，非常注重小说的故事性。当然，他的武侠小说非常注重故事性与他的创作初衷有更大的关系。他在《新晚报》发表的第一部武侠小说《书剑恩仇录》是应上司的要求，而上司的目的就是增加发行量。② 他后来自创《明报》，更是靠武侠小说来吸引读者。③ 所以，他创作武侠小说的初衷和别的武侠小说作家没有什么两样，就是为了吸引读者，让读者花钱来买他的武侠小说，或者说来买连载他武侠小说的报纸。初衷虽然一致，结果却相去甚远，金庸的武侠小说远超侪辈，做到了雅俗共赏。

---

① （汉）班固：《汉书·卷三十·艺文志第十》，中华书局1962年版，第1745页。
② 参见傅国涌《金庸传》"第五章一、与梁羽生同事；二、《书剑恩仇录》：故乡传说"，浙江人民出版社2013年版。
③ 参见傅国涌《金庸传》"第七章四、《神雕侠侣》"。

第二章　优美的语言

尽管如此，金庸武侠小说中仍有大量的精彩的环境描写，还以《天龙八部》这部水平非常高的作品为例。开头写到大理无量山，对剑湖宫、无量玉壁、无量"玉洞"娓娓道来，让我们不禁相信段誉确实掉下到了那么一个清幽的山谷：

> 这湖作椭圆之形，大半部隐在花树丛中。他自西而东，又自东而西，兜了个圈子，约有三里远近，东南西北尽是悬崖峭壁，绝无出路……这时天将黎明，但见谷中静悄悄地，别说人迹，连兽踪也无半点，唯闻鸟语间关，遥相和呼。①

然后进入了那么像仙境的"玉洞"，见到了"神仙姊姊"，从此，命运就被改变。接下来万劫谷的大门稀奇古怪，给人深刻印象：

> 走得大半个时辰，只见迎面黑压压的一座大森林，知道已到了钟灵所居的"万劫谷"谷口。走近前去，果见左首一排九株大松树参天并列，他自右数到第四株，依着钟灵的指点，绕到树后，拨开长草，树上出现一洞，心想："这'万劫谷'的所在当真隐蔽，若不是钟姑娘告知，又有谁能知道谷口竟是在一株大松树中。"②

作者后来又安排段誉和木婉清在里面的石屋上演一出好戏。随着书的展开，天龙寺、江南水乡、少林寺、雁门关、塞外、西

---

① 金庸:《天龙八部》(一)，生活·读书·新知三联书店1994年版，第49页。
② 同上书，第66页。

夏，一处处的空间打开，人物在其中挣扎、苦痛、欢笑，让我们读者大大过瘾。西夏皇宫的冰窖，作者作了详细的描写：

> 虚竹握住门上大铁环，拉开大门，只觉这扇门着实沉重。大门之后紧接着又有一道门，一阵寒气从门渗了出来。其时天时渐暖，高峰虽仍积雪，平地上早已冰融雪消，花开似锦绣，但这道内门的门上却结了一层薄薄白霜。童姥道："向里推。"虚竹伸手一推，那门缓缓开了，只开得尺许一条缝，便有一股寒气迎面扑来。推门进去，只见里面堆满了一袋袋装米麦的麻袋，高与屋顶相接，显是一个粮仓，左侧留了个窄窄的通道……两道门一关上，仓库中漆黑一团，伸手不见五指，虚竹摸索着从左侧进去，越到里面，寒气越盛，左手伸将出去，碰到了一片又冷又硬，湿漉漉之物，显然是一大块坚冰。正奇怪间，童姥已晃亮火折，霎时之间，虚竹眼前出现了一片奇景，只见前后左右，都是一大块、一大块割切得方方正正的大冰块，火光闪烁照射在冰块之上，忽青忽蓝，甚是奇幻。[①]

这是他有意安排的"艳窟"，让我们和虚竹一起体会冰与火的洗礼。灵鹫宫的环境描写也花了大量的笔墨，让我们相信那些神奇的故事确实会在其中发生，并替虚竹这个丑丑的、心地善良、一心向佛、刚毅勇敢的小和尚终得福报高兴。

正如我们前面所说，造成小说的节奏感只是环境描写的第二作

[①] 金庸：《天龙八部》（四），生活·读书·新知三联书店1994年版，第1414—1415页。

用，它最重要的作用是给小说中的人物提供一个活动的空间，满足读者的空间想象，增加小说的真实感。所以，对于小说来讲环境描写是不可或缺的。当然，好的环境描写起到的作用不只这些。

  两人走到大门口，见门外兀自下雨，门旁放着数十柄油纸雨伞。仪琳和曲非烟各取了一柄，出门向东北角上行去。其时已是深夜，街上行人稀少，两人走过，深巷中便有一两只狗儿吠了起来。仪琳见曲非烟一路走向偏僻狭窄的小街中，心中只挂念着令狐冲尸身的所在，也不去理会她带着自己走向何处。①

  一凝步，向江中望去，只见座船的窗中透出灯光，倒映在汉水之中，一条黄光，缓缓闪动。身后小酒店中，莫大先生的琴声渐趋低沉，静夜听来，甚是凄清。②

这是写于《天龙八部》之后的《笑傲江湖》中的两段文字，里面的环境描写已窥化境。金庸的小说雅俗共赏，其中，环境描写功不可没。就像前面举的这些例子，他的景物描写尽管活灵活现，让读者如身临其境，但全是为书中人物服务的，或提供活动的场所，或渲染气氛，从不脱离人物单纯地写景。

第二节　人物描写

前面我们说了，小说创作的核心是塑造人物，起码一般意义

---

① 　金庸：《笑傲江湖》（一），生活·读书·新知三联书店1994年版，第168页。
② 　金庸：《笑傲江湖》（三），生活·读书·新知三联书店1994年版，第996页。

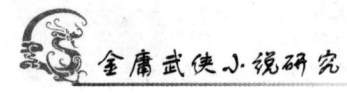

上的小说是这样的。而人物塑造得如何，作家与作家（如果有的称得上作家的话）之间的距离就不可以道里计了。

在人物描写上，金庸有虚实两种写法。

比如《天龙八部》丐帮帮主乔峰出场时的描写：

西首座上一条大汉回过头来，两道冷电似的目光霍地在他脸上转了两转。段誉见这人身材甚是魁伟，三十来岁年纪，身穿灰色旧布袍，已微有破烂，浓眉大眼，高鼻阔口，一张四方的国字脸，颇有风霜之色，顾盼之际，极有威势。①

又如《射雕英雄传》中对黄蓉的描写：

只见船尾一个女子持桨荡舟，长发披肩，全身白衣，头发上束了条金带，白雪一映，更是灿然生光。郭靖见这少女一身装束犹如仙女一般，不禁看得呆了。那船慢慢荡近，只见那女子方当韶龄，不过十五六岁年纪，肌肤胜雪，娇美无比，容色绝丽，不可逼视。②

这些是实写。他的实写很多是这样，抓住特点，用简洁的语言把人物的形、神都写了出来。如果是绘画，就是中国画中的白描。

还有一类，如对王语嫣、西夏公主的描写。

金庸塑造美女形象最多的就是《天龙八部》，而如何对她们

---

① 金庸：《天龙八部》（二），生活·读书·新知三联书店1994年版，第531页。
② 金庸：《射雕英雄传》（一），生活·读书·新知三联书店1994年版，第304页。

第二章 优美的语言 ●●●

进行外貌描写，如何让读者确信她们就是美女，这是很考验作者写作功力的事。写第一个美女钟灵时，"那少女约莫十六七岁年纪，一身青衫，笑靥如花……穿着一双葱绿色鞋儿，鞋边绣着几朵小小黄花，纯然是小姑娘的打扮"[①]。随着文字的推进，他后来用了一个成语"吹气如兰"[②]来形容这个小美女，这不是在写视觉了，而是在写嗅觉。前面在写众人和左子穆的视觉，后面则是在写段誉的嗅觉。这个成语用在这儿不仅文字上感觉美，而且非常符合性科学[③]。很多读者应该禁不住就会想，一个女子如果真的吹气如兰，那是多么美啊！到下一个美女木婉清出场时，金庸让她开始时脸上一直遮着一块黑布，而当幕布揭下时，他用了"如新月清晖，如花树堆雪"[④]这样的字眼，似乎已到了极致，无以复加了。那再写到全书的第一美女王语嫣时怎么办呢？金庸采用了虚写的方法。她首次出场时读者和段誉一样只听到了一声叹息和她的说话声。但就这声叹息和说话声就不得了啦！

便在此时，只听得一个女子的声音轻轻一声叹息。

霎时之间，段誉不由得全身一震，一颗心怦怦跳动，心想："这一声叹息如此好听，世上怎能有这样的声音？"只听得那声音轻轻问道："他这次出门，是到哪里去？"段誉听得一声叹息，已然心神震动，听到这两句说话，更是全身热血如沸，心中又酸又苦，说不出的羡慕和妒忌："她问的明明

[①] 金庸：《天龙八部》（一），生活·读书·新知三联书店1994年版，第10—11页。
[②] 同上书，第28页。
[③] 参看［英］蔼理士《性心理学》"第二章 第七节 性择与嗅觉"，潘光旦译注，生活·读书·新知三联书店1987年版。
[④] 金庸：《天龙八部》（一），生活·读书·新知三联书店1994年版，第136页。

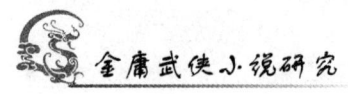

是慕容公子。她对慕容公子这般关切,这般挂在心怀。慕容公子,你何幸而得此仙福?"①

金庸明白读者的心思,让段誉不顾唐突跳出来看她的长相,"只见一个身穿藕色纱衫的女郎,脸朝着花树,身形苗条,长发披向背心,用一根银色丝带轻轻挽住。段誉望着她的背影,只这女郎身旁似有烟霞轻笼,当真非尘世中人"。②"长发披向背心,用一根银色丝带轻轻挽住",一个大家闺秀大白天的这样出现,在古代叫作披头散发,这是违背常识的。不过,比起她母亲大白天就四处抓人、杀人这样的情节,其违背常识的程度可能要轻一些。当然,金庸违背常识的地方不要说和同时代其他武侠小说作家比,就是和与他齐名的古龙比,也几乎可以忽略不计。看古龙的小说,故事是不错的,但你不知道发生在哪个国家。按说应该是古代中国,但看不出哪一朝哪一代会是他书中描写的样子。所以金庸小说中违背常识的地方尽管还不少③,但是正如我们前面所说,一则他违背常识的程度在同时代同类作家中是属于很轻的,再则,他在别的地方已经吸引甚至是迷住了我们,为了不败自己的兴,我们认为他的这些常识错误是可以原谅的。

金庸为什么要这样写王语嫣,"长发披向背心,用一根银色丝带轻轻挽住",而前面写黄蓉也是"长发披肩,全身白衣,头发上束了条金带",这应该来源于现实生活,当然,也有可能仅仅是来源于现实生活中的幻想。他的"梦中情人"应该就是"长

---

① 金庸:《天龙八部》(二),生活·读书·新知三联书店1994年版,第447页。
② 同上书,第449页。
③ 参见戈革《挑灯看剑话金庸》,中华书局2008年版,尤其是"十四 论女子之足"。

第二章 优美的语言

发披肩",这一点对于他肯定很重要,至于这在古代是否叫披头散发他就不管了。按说这点常识他应该是有的。

前面他对王语嫣的这些外貌描写并没有让读者感觉特别之处,倒是里面写到段誉听到她的声音和看到她的背影后的反应却一定令读者有异样的感觉。读者的代入感会令其产生类似段誉的反应,心想这会是怎样的美女呢?但就算到最后金庸也没有对她的外貌进行过正面描写。

那读者凭什么确定她是书中第一美女呢?主要仍然是凭段誉的反应。因为他出身王室,虽然大理僻处天南,但他见过的美女一定不少,他自己的母亲——刀白凤就是一个大美女。书中描写他见到前面的美女,比如钟灵、木婉清,表现都很正常,谈笑自若,甚至经常"胡说八道",让这些女孩为他痴迷。但是只要和王语嫣在一起他就完全傻了,所谓"神为之夺"。读者知道王语嫣吸引他的绝不是什么贤良淑德,更不是什么学问武功,抑或女红,而是美貌加气质。然而虚写是以实写为基础的,前面对石像"神仙姊姊"作过细致的正面描写,讲清楚了王语嫣就是像她。

再说西夏公主,西夏国人称他们的公主容貌艳丽,天下无双,可露面时总在黑暗中,好容易书快结束时在白天出现了,却又蒙着面纱,除了虚竹不让人看,自始至终,没有正面写一句容貌,反而令读者产生无限的遐想。然而里面也是有实写的,在我们和虚竹都不知道她是西夏公主时:

> 虚竹忽然闻到一阵甜甜的幽香,这香气既非佛像前烧的檀香,也不是鱼肉的菜香,只觉得全身通泰,说不出的舒服,迷迷糊糊之中,又觉得有一样软软的物事靠在自己胸

前,他一惊而醒,伸手去一摸,着手处柔腻温暖,竟是一个不穿衣服之人的身体。①

这里他通过虚竹的嗅觉、触觉来写"梦姑"。嗅觉在前面讲过了,而我们知道触觉在两性关系中占有非常重要的地位②。古今中外都有所谓的禁书,很大一部分是因为"诲淫",而其中很多是无辜的。比如《金瓶梅》,一部百万字左右的小说删掉一两万字就成了"洁本",可见作者的目的不是诲淫,他只是对晚明淫乱的社会风气作了真实的反映。拿同级别的《红楼梦》来比,后者就要"干净"得多,并不是曹雪芹要"干净"得多,而是因为清朝的社会风气比较严肃。正如金庸写作武侠小说时社会风气也比较严肃,所以虚竹和"梦姑"在冰窖中的这一段是他所有小说中最为"风光旖旎"的了。如此温柔乡中的"梦姑",令读者不自觉地就相信这是能和王语嫣并驾齐驱的大美女了。当然,金庸还不忘在事后让见过梦姑容颜的天山童姥说:

这位姑娘今年一十七岁,端丽秀雅,无双无对。③

而读者相信,凭天山童姥的身份,她不会胡说;凭她的见识,她不会说错。

我们的传统文化有非常糟糕的部分,也有非常美妙、无与伦比的部分。比如优美的文学,金庸的这种写法明显就是继承了

---

① 金庸:《天龙八部》(四),生活·读书·新知三联书店1994年版,第1421页。
② 参看[英]蔼理士《性心理学》"第二章 第六节 性择与触觉",潘光旦译注,生活·读书·新知三联书店1987年版。
③ 金庸:《天龙八部》(四),生活·读书·新知三联书店1994年版,第1423页。

第二章 优美的语言

《陌上桑》的写法，所谓：

> 罗敷喜蚕桑，采桑城南隅。青丝为笼系，桂枝为笼钩。头上倭堕髻，耳中明月珠。缃绮为下裙，紫绮为上襦。行者见罗敷，下担捋髭须；少年见罗敷，脱帽著帩头。耕者忘其犁，锄者忘其锄。来归相怨怒，但坐观罗敷。①

虽然有前人如此美妙的垂范，但我们知道这仍然是金庸的创造性劳动，否则别人为什么没有写出这么美的武侠小说呢？其实无论实写还是虚写，他的写法都给读者留下了充分的余地，让我们发挥想象，塑造各自心目中的萧峰、黄蓉、王语嫣、梦姑，跟他们一起驰骋疆场、斗法海岛，体验各种梦中才会出现的奇遇。

但是，细品一下，描写"梦姑"的这段文字也是有问题的。把"佛像前烧的檀香"和少女的"幽香"联系起来对于一个和尚虽有不敬之嫌，但说得通，可是把这"幽香"和"鱼肉的菜香"联系起来就有问题了。前面虽然说了虚竹破了荤戒，但更强调他是被迫，是食而不知其味，所以这里写虚竹把这两种味道联系起来是不对的。那为什么我们读起来也不觉得有问题，金庸写起来也不觉得有问题呢？因为都是食荤的凡人，想当然耳。所以这里想象的是金庸的感觉，我们普通人的感觉，而非虚竹的感觉。笔者此处并非在用自己的矛攻自己的盾。那所为何来？后面自明。

---

① （宋）郭茂倩编：《乐府诗集·第二十八卷·相和歌辞三》，中华书局1979年版，第410—411页。

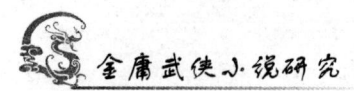

第三节　动作描写

我们再来看金庸的动作描写。作为武侠小说，这是他的重头戏。《鹿鼎记》中韦小宝在皇宫救云南沐王府吴立身三人有这么一节描写：

韦小宝右手伸入怀里，手掌里抓了半把蒙汗药，左手拿起酒壶，走到吴立身面前，提高酒壶，笑道："反贼，你想不想喝酒？"吴立身不明他的用意，大声道："喝也罢，不喝也罢！平西王大兵一到，你这小太监也是性命难逃。"

韦小宝冷笑道："那也未必！"高高提起酒壶，仰起了头，将酒从空中倒将下来，张嘴接住了，一口吞将下去，赞道："好酒。"左手平放胸前，用食指拨开壶盖，将右手中的蒙汗药都撒入壶中，跟着拨上了壶盖，左手提高酒壶，在半空中不住摇晃，笑道："好反贼，死到临头，还在胡说八道。"他放蒙汗药之时，身子遮住酒壶，除吴立身一人之外，谁也没见，这一摇晃，将蒙汗药与酒尽数混和。①

一伸、一抓、一拿、一走、一提、一仰、一倒、一接、一吞、一放、一拨、一撒、一摇，这些动作写得干净利落，表现了韦小宝虽然出身妓院，但有天生的勇敢、果断、聪明，令读者感受到他做英雄的潜质，和以后的内容一起让读者相信韦小宝这个小痞

---

① 金庸：《鹿鼎记》（二），生活·读书·新知三联书店1994年版，第493页。

· 20 ·

子能成就后面那样惊天动地的业绩。从而使《鹿鼎记》这部一反金庸自己传统的小说能够成立，让读者接受他这部写小痞子胜过英雄的小说。

而这段描写明显让人想起《水浒传》中的"智取生辰纲"。正如前面讲过的，这是模仿而不是抄袭。一个作家要创造一个"真实的世界"，而他毕竟不是"上帝"。现实生活中的事情他不可能什么都会，什么都经历过，肯定很多都是没有经历过的。那怎么办呢？按说这个不成其为问题，很多读者都应该知道答案：第一条就是去体验生活，体验自己没有经历过或不熟悉的生活；第二条就是去调查采访；第三条就是利用间接材料，也就是模仿前人，或者是在前人的基础上通过自己的想象进行再创造。这第三条在金庸的很多小说中都找得到踪迹，尤其是这最后一部小说——《鹿鼎记》。可能主角和作者反差大了，作者对主角的生活非常不熟悉。再则韦小宝的生活一般人也很难熟悉，比如领兵和罗刹人签订《尼布楚条约》，对几场战斗的描写和戏弄费要多罗，他借主角之口交代了出处："先前学诸葛亮火烧盘蛇谷，在雅克萨打了个大胜仗，老子再来学一学周瑜群英会戏蒋干。"① 文盲主角是看戏听书学来的，作者自然是从《三国演义》学来的，至于其中的"霞舒尼克"和水炮攻城，那是金庸的创造性想象了。中华人民共和国成立后被称为中国古代小说的四大名著，这里就出现了两部。想想如果没有模仿而全是金庸的独创那一定更加精彩，但我们说了，作家毕竟不是上帝，并非万能。

金庸的小说挺多，到这儿大多用《天龙八部》和《鹿鼎记》

---

① 金庸：《鹿鼎记》（五），生活·读书·新知三联书店1994年版，第1907页。

来举例，原因很简单，因为这是公认的写得最好的两部。至于其中哪一部更好，众说纷纭。笔者认为是前者，理由之一可能就是因为后者模仿的地方多了一点。

当然，这就有以子之矛攻子之盾的问题，但是没有办法，因为这个世界本来就是矛盾的。这个例子明显是模仿，但这个行为描写确实不错。其实还有另外一点需要澄清：实际上我们人类的书写离开了模仿无法进行。我们每个人只需想一个简单的问题：我们会写的哪一个字、哪一个词是我们自己发明的？离开了模仿我们无法学习，离开了学习我们无法创造，所以每个成功的人都是非常善于学习的人。金庸就是一个非常善于学习的人，他说过："我编过报纸的副刊，要处理、编辑，同时自己撰写关于电影与戏剧的稿件，我对影艺本是门外汉，由于工作上的需要，每天如痴如狂地阅读电影与艺术的理论书，终于在相当短的时期内成为这方面的'半专家'，没有实践的经验，但理论方面的知识和对重要戏剧、电影的了解与认识，已超过了普通的电影或戏剧工作者。从此以后，'即学即用'便成为我主要的工作方法。不熟悉我的人以为我学问渊博、知识面极广。其实我的方法是，若有需要，立即去学，把'不懂'变作'稍懂'，使自己从'外行'转为'半内行'。"[1]

金庸的第一部小说《书剑恩仇录》被人们称为"出手不凡"，确实也不错。但金庸作品早期的几部小说和后面的比实在是要差一些，其中一点就表现在打斗的动作描写上。我们先来说武功招式。刚开始金庸还是脱不了前人的窠臼，都还是什么"黑虎掏

----
[1] 金庸、[日]池田大作：《探求一个灿烂的世纪——金庸/池田大作对话录》，北京大学出版社1998年版，第92—93页。

· 22 ·

心""白猿献桃"等人们耳熟能详的这些招数，虽然也有陈家洛在回疆领悟到的"庖丁解牛"的武功描写，有《碧血剑》前面袁承志和归辛树比武，后面用金蛇剑法糅合华山剑法和玉真子打斗的精彩描写，但总的来说武打描写还没有远超侪辈。从成名作《射雕英雄传》开始就完全不同了，他对武功的描写彻底进入出神入化的境界。现实生活中有的，比如太极拳、少林拳的招式，他用得着的，不妨实录，而绝大部分武功招数是他天马行空信手拈来的。比如著名的"降龙十八掌"："亢龙有悔""飞龙在天""见龙在田""潜龙勿用""龙战于野"……读者如果看过《周易》，会想到"飞龙在天，利见大人"，会想到"龙战于野，其血玄黄"……没有看过《周易》也没有关系，因为这些招式名字看着就过瘾、有力。再看他描写郭靖、洪七公施展时更是过瘾，尤其是看郭靖从初学到粗通再到渐入佳境，和梁子翁斗，和欧阳克斗，到和欧阳锋斗，精彩的动作描写真是让读者大呼过瘾。而这些在他的书中比比皆是。"凌波微步"，他直接就在书中录了《洛神赋》的诗句，可读者不仅不觉得他在掉书袋，反而觉得很恰当、很美、很形象。每次对段誉使用凌波微步的描写几乎都让人觉得很舒服。和杨过的"黯然销魂掌"的描写一样，已是武功而又非武功的描写，已臻化境。

　　作为武侠小说，金庸在武打描写的设计上肯定花过很多心血。如何让他笔下的人物是"武侠"，而不是普通的人，关键是如何让读者相信。比如成名作《射雕英雄传》，这部作品令他一举成名是多方面的因素共同达成的，而武打描写肯定功不可没。他要让郭靖这个傻小子成为绝顶高手，要让读者相信。安排郭靖从小苦练，安排马钰去教他玄门内功，安排他遇见黄蓉，从而和

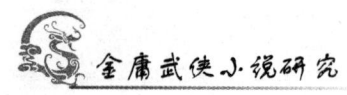

天下五大高手产生了交集,并且学了其中两家(洪七公和老顽童)的武功,甚至还学了比这五家更高的"九阴真经",而且安排了情节让他武功"被迫"迅速提高。凭着金庸的奇思妙想,读者不仅不觉得这些情节是有意安排的,反而在阅读过程中非常享受、过瘾。

出于我们后面会谈到的原因,金庸不能让他的主人公都像郭靖练武功练得这么辛苦,可又不能让读者产生怀疑,这就到发挥他想象力的时候了。他让杨过在"活死人墓"里抓麻雀,睡在绳子上练轻功,其实很经不起推敲。但当他大胆编造,让杨过失去一条手臂反而练成绝世武功时,读者不但相信,而且被他"骗"得心悦诚服。其实他的这些精彩武侠小说的主人公的绝世武功的获得几乎都可以用一个词来总结——奇遇,不同的只是怎么个奇法。不能说越奇越精彩,但是他最精彩的几部小说主人公武功的获得确实是非常离奇。萧峰的武功几乎是天生的;虚竹的武功是被"逼"的;段誉的武功就更稀奇了,他坚决不学武功,可武功就是推也推不掉地上了他的身。令狐冲和杨过很像,命都要搞掉了,反而得了一身武功。最奇的就是最后一个主人公韦小宝,几乎没有武功。可是几乎没有武功的主人公参与的几次打斗一点也不比前面的大侠们逊色,甚至可能还超过。比如和桑结喇嘛几个人的打斗,什么隔墙板杀人,"隔山打牛神拳",用调戏阿珂整治郑克爽的死人手掌弄成毒药来取得胜利,同样令我们心悦诚服。

因为他写得太漂亮,迷住了我们,以至于我们对一些明显的问题视而不见。比如前面讲到的超级大美女王语嫣的"理论武学修为",无论练过或没有练过武术的人其实凭常识都可以知道,

第二章 优美的语言

完全没有实践经验，仅仅靠理论修养（阅读武功秘籍），一眼就能看出别人的武功家数，甚至还能指点别人转败为胜、转危为安，这是根本不可能的。但是我们相信了，并且在精彩的打斗描写中看到王语嫣的评点还觉得很过瘾。其实有一个结论我们是可以推理出的：金庸根本不懂武术。当然这个话他自己也说过，但这个结论我们还可以推进一步：其实他在理论上也不真懂武术。笔者的意思并不是说他不懂武术的什么高深奥秘，而是说他不懂武术的最基本的道理。武术的实战无论哪一门哪一派，都不可能像他书中写的用套路按顺序来和对手过招，除非表演性质的套路对练。真正的技击散打靠的是平时无数次的训练，把攻防技巧转化为潜意识、无意识的反应，通过正确、有效的锻炼途径提高自己的抗击打能力和击打对手的能力，这对任何门派都是一样的。不同门派的区别只是在于对训练方式和攻防技巧的理解的不同。真要像他小说里面写的等看清对手出了一个什么招式，再决定用一个什么招式来破解、还击，那自己早就被打得躺地上了。

当然，要说金庸有关武术的描写都是胡说八道肯定不对。他通过参看别人的武侠小说，参看有关武术的书籍，在自己常识的基础上想象出来的东西，有的也是对的，有的还很有道理，言他人之未言。比如《笑傲江湖》中他写风清扬教令狐冲"独孤九剑"，风清扬说敌人要攻击你哪里自然眼光就会先看向你哪里，这是符合技击规律的。他在《射雕英雄传》里写周伯通第一次遇见郭靖，听郭靖说"九阴真经"就应该毁掉，先是诧异，后来自承原来王重阳说他没有救世济人的胸怀练不成绝世武功他还不服气，在桃花岛关了十几年想明白了这个道理。之后到《天龙八部》更发展为由佛的化身的扫地僧来告诫大家，练佛门武功会有

戾气，要靠佛家的修行才能化解，初学倒不明显，武功越深，若没化解，对本人危害越大。金庸还分别用游坦之、鸠摩智、慕容博、萧远山来作正反例子。当然，游坦之因为是无心修炼，符合佛家真义，练成了《易筋经》，但后来他滥杀无辜，结局就更惨了。这个地方他只讲佛门武功，不涉及别的门派，可能是怕扯不清楚。人的根器决定了他的成就，无论做哪一行，这一点应该是有共识的，所以郭靖这个傻小子能成一代大侠是可信的。至于他说武功没有相应的品行配合会反噬其主，让人想起古希腊人说的达摩克利斯之剑，想起卢梭说的人类终将被自己所发明的科学技术毁灭，是有一定道理的，而且在武侠小说中应该是言他人之未言。

事实是，根本不懂武术的金庸写的武侠小说迷倒了无数的中国人，其中还有很多包括笔者在内的武术爱好者。当然，可能这不仅不是问题，还恰恰是小说的魅力所在。试想，如果一切都是完全符合常识的，都是完全符合常理的，不说全部，起码一半的小说会消失，而我们很多读者最喜欢的小说可能都在其中——那些让我们能够暂时摆脱这个世界的烦恼的，那些让我们能够上天入地、神游八极的，那些让我们手不释卷、通宵达旦、废寝忘食的小说，正是它们与这个世界的不同才吸引了我们，正是它们与这个世界的不同才愉悦了我们，正是它们与这个世界的不同才抚慰了我们。从酷爱这一类小说的读者角度来说，如果小说与这个世界一模一样，我们又何必去看它呢？我们每天看自己，看置身的这个世界还没看够吗？

虚竹心下甚喜，却不敢开口，依着那女童所授的法子向前跃出，平飞丈余，落在第二株树的枝干上，一弹之下，又跃到了第三株树上,气息一顺,只觉身轻力足,越跃越远。到得后来,一跃竟能横越二树,在半空中宛如御风而行,不由得又惊又喜。雪峰上树林茂密,他自树端枝梢飞行,地下无迹可寻,只一顿饭时分,已深入密林。①

这样的描写让我们仿佛在看《哈利·波特》或者《指环王》的电影了,这些文学艺术作品正是带给了我们现实生活中不可能有的体验愉悦、满足,才令我们深深地爱上了它们。

金庸小说中武打动作描写的精彩例子举不胜举,我们在此就不赘述了。

第四节 人物语言

金庸小说不仅叙述语言精彩,他的人物语言也非常精彩。金庸笔下的人物数目庞大,就《天龙八部》和《鹿鼎记》而言就有众多的人物,要使他们像生活中真实的人一样"活"起来非常不容易。作为长篇小说,对主要人物,要安排他们性格成长的历史,把对人物的刻画和情节的安排有机地结合起来。对次要人物也不能忽视,小人物处理不好肯定称不上成功的作品。对于出场较少的小人物,尤其是出场很少的小人物,要抓住他们仅有的几次露面的机会把他们写活。而其中人物语言,也就是我们平常称的对话非常重要,能把它写好,人物就"活"了一半。但这是很困难的。每个人都要让他有不同的话语、不同的口气,不同的时

---

① 金庸:《天龙八部》(四),生活·读书·新知三联书店1994年版,第1371页。

候说出不同的话，首先是要准确地把握人物性格，其次要符合各自的出身、修养、地位等。

当晚两人在一座小城一家客店中歇宿。鸠摩智命店伴取过纸墨笔砚，放在桌上，剔亮油灯，待店伴出房，说道："段公子，小僧屈你大驾北来，多有得罪，好生过意不去。"段誉道："好说，好说。"鸠摩智道："公子可知小僧此举，是何用意？"

段誉一路之上，心中所想的只是这件事，眼见桌上放了纸墨笔砚，更料到了十之八九，说道："办不到。"鸠摩智问道："什么事办不到？"段誉道："你艳羡我段家的六脉神剑剑法，要逼我写出来给你。这件事办不到。"

鸠摩智摇头道："段公子会错意了。小僧当年与慕容先生有约，要借贵门六脉神剑经去给他一观。此约未践，一直耿耿于怀。幸得段公子心中记得此经，无可奈何，只有将你带到慕容先生墓前焚化，好让小僧不致失信于故人。然而公子人中龙凤，小僧与你无冤无仇，岂敢伤残？这中间尚有一个两全其美的法子。公子只须将经文图谱一无遗漏的写出来，小僧自己绝不看上一眼，立即固封，拿去在慕容先生墓前火化，了此宿愿，便即恭送公子回归大理。"

这番话鸠摩智于初入天龙寺时便曾说过，当时本因等均有允意，段誉也觉此法可行。但此后鸠摩智偷袭保定帝于先，擒拿自身于后，出手殊不光明，躲避追踪时诡计百出，对九名部属的生死安危全无丝毫顾念，这其间险刻戾狠之意已然表露无遗，段誉如何再信得过他？心中早就觉得，南海

第二章　优美的语言

鳄神等"四大恶人"摆明了是恶人，反而远较这伪装"圣僧"的吐番和尚品格高得多了。他虽无处世经历，但这二十余日来，对此事早已深思熟虑，想明白了其中关窍，说道："鸠摩智大师，你这番话是骗不倒我的。"

鸠摩智合十道："阿弥陀佛，小僧对慕容先生当年一诺，尚且如此信守，岂肯为了守此一诺，另毁一诺？"

段誉摇头道："你说当年对慕容先生有此诺言，是真是假，谁也不知。你拿到了六脉神剑剑谱，自己必定细读一番，是否要去慕容先生墓前焚化，谁也不知。就算真要焚化，以大师的聪明才智，读得几遍之后，岂有记不住的？说不定还怕记错了，要笔录副本，然后再去焚化。"

鸠摩智双目精光大盛，恶狠狠的盯住段誉，但片刻之间，脸色便转慈和，缓缓的道："你我均是佛门弟子，岂可如此胡言妄语，罪过，罪过。小僧迫不得已，只好稍加逼迫了。这是为了救公子性命，尚请勿怪。"说着伸出左手掌，轻轻按在段誉胸口，说道："公子抵受不住之时，愿意书写此经，只须点一点头，小僧便即放手。"

段誉苦笑道："我不写此经，你终不死心，舍不得便杀了我。我倘若写了出来，你怎么还能容我活命？我写经便是自杀，鸠摩智大师，这一节，我在十三天之前便已想明白了。"

鸠摩智叹了口气，说道："我佛慈悲！"掌心便即运劲，料想这股劲力传入段誉膻中大穴，他周身如万蚁咬啮，苦楚难当，这等娇生惯养的公子哥儿，嘴上说得虽硬，当真身受死去活来的酷刑之时，势非屈服不可。不料劲力甫发，立觉一股内力去得无影无踪。他一惊之下，又即催劲，这次内力消失得更快，跟着体中内力汹涌奔泻而出。鸠摩智大惊失色，右掌急出，在段誉肩头奋力推去。段誉"啊"的一声，摔在床上，后脑重重撞上墙壁。

鸠摩智早知段誉学过星宿老怪一门的"化功大法"，但要穴被封，不论正邪武功自然俱都半点施展不出，哪知他掌发内劲，却是将自身内力硬挤入对方"膻中穴"去，便如当日段誉全身动弹不得，张大了嘴巴任由莽牯朱蛤钻入肚中一般，与身上穴道是否被封全不相干。

段誉哼哼唧唧的坐起身来，说道："枉你自称得道高僧，高僧是这么出手打人的吗？"

鸠摩智厉声道："你这'化功大法'，到底是谁教你的？"

段誉摇摇头，说道："化功大法，暴殄天物，犹日弃千金于地而不知自用，旁门左道，可笑！可笑！"这几句话，他竟不知不觉的引述了玉洞帛轴上所写的字句。

鸠摩智不明其故，却也不敢再碰他身子，但先前点他神封、大椎、悬枢、京门诸穴却又无碍，此人武功之怪异，实是不可思议，料这门功夫，定是从一阳指与六脉神剑中变化出来，只是他初学皮毛，尚不会使用。这样一来，对大理段氏的武学更是心向神往，突然举起手掌，凌空一招"火焰刀"，将段誉头上的书生巾削去了一片，喝道："你当真不写？我这一刀只消低得半尺，你的脑袋便怎样了？"

段誉害怕之极，心想他当真恼将起来，戳瞎我一只眼睛，又或削断我一条臂膀，那便怎么办？一路上反复思量而得的几句话立时到了脑中，说出口来："我倘若受逼不过，只好胡乱写些，那就未必全对。你如伤残我肢体，我恨你切

第二章　优美的语言

骨,写出来的剑谱更加不知所云。这样吧,反正我写的剑谱,你要拿去在慕容先生墓前焚化,你说过立即固封,决计不看上一眼,是对是错,跟你并不相干。我胡乱书写,不过是我骗了慕容先生的阴魂,他在阴间练得走火入魔,自绝鬼脉,也不会来怪你。"说着走到桌边,提笔摊纸,作状欲写。

鸠摩智怒极,段誉这几句话,将自己骗取六脉神剑剑谱的意图尽皆揭破,同时说得明明白白,自己若用强逼迫,他写出来的剑谱也必残缺不全,伪者居多,那非但无用,阅之且有大害。他在天龙寺两度斗剑,六脉神剑的剑法真假自然一看便知,但这路剑法的要旨纯在内力运使,那就无法分辨。当下岂仅恼羞成怒,直是大怒欲狂,一招"火焰刀"挥出,嗤的一声轻响,段誉手中笔管断为两截。

段誉大笑声中,鸠摩智喝道:"贼小子,佛爷好意饶你性命,你偏执迷不悟。只有拿你去慕容先生墓前焚烧。你心中所记得的剑谱,总不会是假的吧?"

段誉笑道:"我临死之时,只好将剑法故意多记错几招。对,就是这个主意,打从此刻起,我拼命记错,越记越错,到得后来,连我自己也是胡里胡涂。"

鸠摩智怒目瞪视,眼中似乎也有火焰刀要喷将出来,恨不得手掌一挥,"火焰刀"的无形气劲就从这小子的头颈中一划而过。[①]

通过这一段对话,段誉聪慧、有礼、幽默、外柔内刚的性格

[①] 金庸:《天龙八部》(二),生活·读书·新知三联书店1994年版,第406—409页。

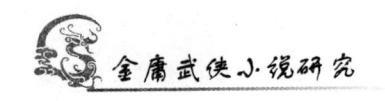

和鸠摩智伪高僧的形象都跃然纸上。段誉贵为王子，但有平等思想，从不以势凌人；他很有修养，待人谦和，有时甚至有点迂腐，但绝不愚蠢，反而非常聪明；他外表随和，非常温柔，碰到原则问题却强硬如铁，决不妥协。金庸对鸠摩智的塑造采用了先扬后抑的方法，《天龙八部》有关鸠摩智的前面的叙述让读者觉得他就像天神一般，简直就是世外高人、大德高僧，到后面却把他的伪装剥得干干净净。这些很多是通过情节的发展来做到的，而有一部分则是通过人物语言来做到的。前面对这两个人物的分析在这一段对话中都能够看出来，或者说这一段对话对这两个人物的塑造作出了贡献。之所以用这么长篇幅把这段对话照录下来，就是因为写得非常精彩。对话中鸠摩智仍然是以一副高僧大德的样子出现，"段公子，小僧屈你大驾北来，多有得罪，好生过意不去"。段誉则一改迂腐的样子，直接就说他这件事办不到。鸠摩智继续装，可是不仅段誉看出来了，金庸也让我们读者无法忍受他的伪善："幸得段公子心中记得此经，无可奈何，只有将你带到慕容先生墓前焚化，好让小僧不致失信于故人。然而公子人中龙凤，小僧与你无冤无仇，岂敢伤残？"可能有好些读者看到这里已经非常气愤，心想什么狗屁大德高僧，人命关天，怎么能把活人拿来焚化？不是人中龙凤就能随便伤残了？但更大的可能是才刚开始生气，金庸又马上让我们不仅消气，而且觉得很解气。段誉接下来的一番话不仅戳中鸠摩智的痛处，而且令他无法接招，再加上预先安排好的北冥神功，让他逼迫不成反受损，让读者很是痛快。至于其中提到的问题"鸠摩智不明其故，却也不敢再碰他身子，但先前点他神封、大椎、悬枢、京门诸穴却又无碍"（实际上这是很难自圆其说的），就不再理会了。当然，让读者这么痛快的还有一个原因就是金庸令对话呈现出来的段誉天生的幽默。

当然，段誉的幽默是金庸安排的。

每一个小说家的语言都有自己的风格，金庸小说的语言风格就是诙谐、幽默。而这个风格的形成和其他作家一样有一个过程。他的第一部作品《书剑恩仇录》语言虽稍显拘谨，但总体感觉还是不错的，其中他就引入了阿凡提这个家喻户晓的诙谐人物，做出了尝试。第二部作品《碧血剑》就像他写袁承志想要模仿金蛇郎君的潇洒，却只学到了黄真的滑稽，金庸在此书中对诙谐的风格做了更多的尝试，但变化并不大。后面的作品，一直到《天龙八部》之前，差不多都是这样，虽然各方面都越来越成熟，形成了自己的风格，但语言的风格还待定型。他的语言风格的最后定型是到《天龙八部》这部他各方面成就都最高的作品完成的。他的小说中可以看到多种风格的语言，典雅、真挚、激烈、诙谐、幽默、悲伤……但是只有当他的语言风格呈现为诙谐、幽默的时候，他的作品才最为挥洒自如、游刃有余。这既可解释为一种巧合，也可解释为他有意的追求。说他有意的追求，一是他可能有这样的审美追求，二是我们前面说的他的作品通俗的初衷，诙谐、幽默的语言风格是最符合轻松、愉快的阅读要求的。普通人平常读小说主要应该都是为了消遣、娱乐，在阅读过程中庄重、悲伤、自伤自怜……甚至痛苦的感受都可能满足读者的一部分需求，但轻松、愉快一定是读者在进行休闲阅读时最需要的满足。

猛听得山腰里一人叫道："使不得，千万不可伤了王姑娘，我向你投降便是。"一个灰影如飞的赶来，脚下轻灵之极。站在外围的数人齐声呼叱,上前拦阻,却给他东一拐,西一闪,避过了众人,扑到面前,火光下看得明白,却是段誉。

只听他叫道:"要投降还不容易?为了王姑娘,你要我投降一千次、一万次也成。"奔到那头陀面前,叫道:"喂,喂,大家快放手,捉住王姑娘干什么?"

王语嫣知他武功若有若无,无时多,有时少,却这般不顾性命的前来相救,心下感激,颤声道:"段……段公子,是你?"段誉喜道:"是我,是我!"

那头陀骂道:"你……你是什么东西?"段誉道:"我是人,怎么是东西?"那头陀反手一拳,拍的一声,打在段誉的下颔。段誉立足不定,一交往左便倒,额头撞上一块岩石,登时鲜血长流。

……那头陀右臂被截,自是痛入骨髓,急怒之下狂性大发,左手抄起断臂,猛吼一声,向段誉掷了过去。他断下的手臂仍是紧紧抓着戒刀,连刀带手,急掷而至,甚是猛恶。段誉右手一指,嗤一声响,一招"少阳剑"刺在戒刀上,戒刀一震,从断手中跌落下来。断手却继续飞来,拍的一声,重重打了他一个耳光。

这一下只打得段誉头晕眼花,脚步踉跄,大叫:"好功夫!断手还能打人。"[①]

这一段描写又仿佛段誉在《天龙八部》的出场,出丑露乖,但读者并不觉得他可笑,反而觉得可亲可爱。金庸在诙谐中写出

[①] 金庸:《天龙八部》(四),生活·读书·新知三联书店1994年版,第1319—1320页。

第二章　优美的语言

段誉对王语嫣的神为之夺的痴恋。

诙谐、幽默是金庸小说语言的最大特点，常常在行文中有一二妙语令人忍俊不住，在阅读过程中轻松、愉快，表现在文中有些对话尤为明显。

那骑驴客忽然怪声说道："好哇！铁面判官到来，就该远迎，我'铁屁股判官'到来，你就不该远迎了。"

众人听到"铁屁股判官"这五个字的古怪绰号，无不哈哈大笑。王语嫣、阿朱、阿碧三人虽觉笑之不雅，却也不禁嫣然。泰山五雄听这人如此说，自知他是有心戏侮自己父亲，登时勃然变色，只是单家家教极严，单正既未发话，做儿子的谁也不敢出声。

单正涵养甚好，一时又捉摸不定这怪人的来历，装作并未听见……那骑驴客抢着说道："我姓双，名歪，外号叫作'铁屁股判官'。"

……

单正道："乔帮主，贵帮是江湖上第一大帮，数百年来侠名播于天下，武林中提起'丐帮'二字，谁都十分敬重，我单某向来也是极为心仪的。"乔峰道："不敢！"

赵钱孙接口道："乔帮主，贵帮是江湖上第一大帮，数百年来侠名播于天下，武林中提起'丐帮'二字，谁都十分敬重，我双某向来也是极为心仪的。"他这番话和单正说的一模一样，就是将"单某"的"单"字改成了"双"字。

乔峰知道武林中这些前辈高人大都有副稀奇古怪的脾气，这赵钱孙处处和单正挑眼，不知为了何事，自己总之双方都不得罪就是，于是也跟着说了句："不敢！"

单正微微一笑，向大儿子单伯山道："伯山，余下来的话，你跟乔帮主说，旁人若要学我儿子，尽管学个十足便是。"

众人听了，都不禁打个哈哈，心想这铁面判官道貌岸然，倒也阴损得紧，赵钱孙倘若再跟着单伯山学嘴学舌，那就变成学做他儿子了。

不料赵钱孙说道："伯山，余下来的话，你跟乔帮主说，旁人若要学我儿子，尽管学个十足便是。"这么一来，反给他讨了便宜去，认了是单伯山的父亲。

单正最小的儿子单小山火气最猛，大声骂道："他妈的，这不是活得不耐烦了么？"

赵钱孙自言自语："他妈的，这种窝囊儿子，生四个已经太多，第五个实在不必再生，嘿嘿，也不知是不是亲生的。"

听他这般公然挑衅，单正便是泥人也有土性儿，转头向赵钱孙道："咱们在丐帮是客，争闹起来，那是不给主人面子，待此间事了之后，自当再来领教阁下的高招，伯山，你自管说吧！"

赵钱孙又学着他道："咱们在丐帮是客，争闹起来，那是不给主人面子，待此间事了之后，自当再来领教阁下的高招，伯山，老子叫你说，你自管说吧！"

单伯山恨不得冲上前去，拔刀猛砍他几刀，方消心头之恨，当下强忍怒气，向乔峰道："乔帮主，贵帮之事，我父子原是不敢干预，但我爹爹说：君子爱人以德……"说到这里，眼光瞧向赵钱孙，看他是否又再学舌，若是照学，势必也要这么说："但我爹爹说：君子爱人以德。"那便是叫单正

第二章　优美的语言

为"爹爹"了。

不料赵钱孙仍然照学,说道:"乔帮主,贵帮之事,我父子原是不敢干预,但我儿子说:君子爱人以德。"他将"爹爹"两字改成"儿子",自是明讨单正的便宜。众人一听,都皱起了眉头,觉得这赵钱孙太也过分,只怕当场便要流血。①

赵钱孙和单正一家的对话真是令人忍俊不住,而正如有赵钱孙对谭婆的痴恋才有上面这段对话,且现在让读者捧腹大笑,是为了马上出现的乔峰身世剧变能更好地把读者的心给悬起来。金庸的诙谐不是脱离情节、脱离人物去制造噱头,而是紧紧围绕人物进行,是随着人物的性格,随着情节、氛围的演变而自然流露,亲切自然,毫无牵强、粗俗之感。

那赵钱孙在《天龙八部》中还算比较重要的人物,而什么"青城派"、"蓬莱派"和"秦家寨"是只出现一回没有下回的小人物,金庸把他们的对话都写得各具特色,符合人物性格。

他还恰当地运用了方言。《天龙八部》中金庸既用了吴语,又用了四川话。四川话属于北方方言,还容易理解,吴语对于别的方言区的读者就很不好懂了,所以金庸在书中对吴语这种他的母语只是略略点缀一二。

阿碧……说道:"格末等歇叫段公子也上岸去解手,否则……否则,俚急起上来,介末也尴尬。"

---

① 金庸:《天龙八部》(二),生活·读书·新知三联书店1994年版,第586—589页。

阿朱轻笑道:"你就是会体贴人。小心公子晓得仔吃醋。"阿碧叹了口气,说道:"格种小事体,公子真勿会放在心上。我们两个小丫头,公子从来就勿曾放在心上。"阿朱道:"我要俚放在心上做啥?阿碧妹子,你也勿要一日到夜牵记公子,呒不用格。"阿碧轻叹一声,却不回答。阿朱拍拍她肩头,低声道:"你又想解手,又想公子,两桩事体想在一淘,实头好笑!"阿碧轻轻一笑,说道:"阿姊讲闲话,阿要唔轻头?"①

这一段对话,仿佛在不经意间不仅把阿碧的温柔体贴与对慕容复的痴恋,阿朱的伶俐活泼、善解人意、人格独立写了出来,为以后的情节发展留下伏笔,而且把吴地呢侬软语写得既风味鲜明又基本不影响理解。里面还有一点性的意味。而这种有"性"的意味的话在他的小说中也是很多的,比如《笑傲江湖》中写到令狐冲喂老头子女儿老不死血时,比如《鹿鼎记》韦小宝从通吃岛回来第一次见康熙帝,他说小孩没有康熙帝多是因为对方雄才伟略……

实际上我们知道,每当正统文学穷途末路时能带给它源头活水的民间文学大多带有性的意味。正如我们前面提到的《金瓶梅》《红楼梦》和金庸小说中的性的描写,有是正常的,没有才是不正常的。我们两三千年前的圣人早就告诉我们:"食、色,性也。"生活中我们讲的笑话没有性的意味又很好笑的确实也有,但很好笑的大多带有性的意味。② 金庸小说中使用方言最多的是

---

① 金庸:《天龙八部》(二),生活·读书·新知三联书店1994年版,第440页。
② 参见车文博主编《弗洛伊德文集》第二卷"诙谐及其与潜意识的关系",长春出版社1998年版。

最后一部小说——《鹿鼎记》，韦小宝的母语也是吴语。阿朱、阿碧在《天龙八部》中只是配角，而韦小宝在《鹿鼎记》中则是唯一的主角。虽然后来学了京腔，但他的口头禅"小娘皮"却是不改的，贯穿全书。懂吴语的都知道"小娘皮"是粗话，金庸让小说中的康熙帝和韦小宝说"他妈的"，认为颇有放松身心的功效，看来金庸自己通过韦小宝的嘴也取得了同样的功效。

上面引用的这段对话在不影响读者理解的前提下，使作品充满了地方色彩和生活气息，令读者对小说中营造的江南氛围以及小说虚拟世界的"真实性"的感受和确信又多了一分。

第五节 总结

从前面的所有例子还可以看出金庸语言的一大特色：金庸的小说让读者感受到纯正的中国味。金庸说过："中国近代新文学的小说，其实是和中国的文学传统相当脱节的，很难说是中国小说，无论是巴金、茅盾或鲁迅所写的，其实都是用中文写的外国小说。"① 这段话是否全对不好说，但可以推测和中国文学传统不脱节或者说纯正的中国味是他刻意的追求。金庸自己说过："我还是喜爱古典文学作品多于近代或当代的新文学。"② 金庸小说的中国味不仅体现在选材以及表现出来的文化、历史底蕴等方面，还有一个很重要的方面就体现在他的语言特色上。这是一种典型的中国味的语言，同时又是他个人特有的，是一种文白相间的、

---

① 杜南发：《长风万里撼江湖——与金庸一席谈》，转引自费勇、钟晓毅《金庸传奇》，广东人民出版社1996年版，第342页。
② 金庸：《书剑恩仇录·上·金庸作品集"三联版"序》，生活·读书·新知三联书店1994年版，第1页。

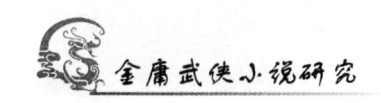

优美的，有时又会有一些精彩的平民语言点缀其中的雅俗共赏的语言。

　　前面所举例子中的"四下里""阔口""顾盼之际，极有威势""反贼""也罢""小僧屈你大驾北来，多有得罪，好生过意不去""小僧此举，是何用意""艳羡""会错意""给他一观。此约未践""尚有""固封""了此宿愿""恭送""岂肯为了守此一诺，另毁一诺""岂有""尚请勿怪""抵受不住""容我"，这些语言我们今天一般不用。这些词语有的属于代词、名词、动词、形容词等实词，有的属于助词、介词等虚词。它们都属于文言、古语，与我们今天日常使用的语言有一定的距离。然而这些语言的运用不仅不令我们感到生疏，反而由于他选取的都是历史题材，而且都处于中国的强盛时期（金庸武侠小说选材时间下限截止到康乾盛世），让中国读者读来很开心（难怪有人说有华人的地方就有金庸的武侠小说），恰恰让华人读者觉得很合适，尤其在这汉语大量变质的时代更令中国人格外有一种亲切感。而这一切都是有原因的，"记得我在小学念书时，历史老师讲述帝国主义欺压中国的凶暴。讲到鸦片战争，中国当局如何糊涂无能，无数兵将英勇抗敌，但枪炮、军舰不及英国以致惨遭杀害，他情绪激动，突然掩面痛哭。我和小同学们大家跟着他哭泣。这件事在我心中永远不忘"[①]，"日本军队侵略我的故乡时，我那年是十三岁，正在上初中二年级，随着学校逃难而辗转各地，接受军事训练，经历了极大的艰难困苦。我的母亲因战时缺乏医药照料而逝世。战争对我的国家、人民以及我的家庭作了极重大的破坏。

[①] 金庸、[日]池田大作：《探求一个灿烂的世纪——金庸/池田大作对话录》，北京大学出版社1998年版，第13—14页。

第二章　优美的语言

我家庭本来是相当富裕的,但住宅给日军烧光。母亲和我最亲爱的弟弟都在战争中死亡"①。人年少时的经历影响他的一生,而像金庸这样的经历必定刻骨铭心、永志不会忘怀。所以金庸虽然精通英文,西洋、东洋文化都曾涉足,长期生活在1997年才收回的前英国殖民地——香港,游历过世界上很多国家,但是他心中的中国情结是丝毫不会改变的。他的民族自尊心、民族自豪感因为受过刺激和重大伤害反而增强了,这从他的言、行都可以看出来②。这些自然都会在他的作品中有所表现,比如第二部小说《碧血剑》中的温青青论武功在江湖上只是个三流角色,可白人高手却根本不是她的对手,"雷蒙满脸羞惭,想不到自己在欧陆纵横无敌,竟会到中国来败在一个少女手里"③。

努力使自己的语言保持纯正的中国味,在语言上的这种有意为之从金庸的第一部作品就看得出来。

> 下面的人"咦"了一声,一枝甩手箭打了上来,大叫:"相好的,别跑。"陆菲青侧身一让,低声喝道:"朋友,跟我来。"④

> 第一拨:当先哨路金笛秀才余鱼同,和西川双侠常赫志、常伯志兄弟取得联络,探明文泰来行踪,赶回禀报。第二拨:千臂如来赵半山,率领石敢当章进、鬼见愁石双英。第三拨:追魂夺命剑无尘道长,率领铁塔杨成协、铜头鳄鱼

---

① 金庸、[日]池田大作:《探求一个灿烂的世纪——金庸/池田大作对话录》,北京大学出版社1998年版,第74页。
② 参看傅国涌《金庸传》,浙江人民出版社2013年版。
③ 金庸:《碧血剑》(下),生活·读书·新知三联书店1994年版,第435页。
④ 金庸:《书剑恩仇录》(上),生活·读书·新知三联书店1994年版,第8页。

蒋四根。第四拨：红花会总舵主陈家洛，率领九命豹子卫春华、书僮心砚。第五拨：绵里针陆菲青，率领神弹子孟健雄、独角虎安健刚。第六拨：铁胆周仲英，率领俏李逵周绮、武诸葛徐天宏、鸳鸯刀骆冰。①

徐天宏道："四嫂一人孤身上路，她跟鹰爪孙朝过相，别再出甚么岔子。"②

他和张召重武功相差甚远，可是一夫拼命，万夫莫当，金笛上全是进手招数，招招同归于尽，笛笛两败俱伤，张召重剑法虽高，一时之间，却也给他的决死狠打逼得退出数步。③

"相好的，别跑""朋友，跟我来""当先哨路""鹰爪孙""朝过相""甚么"这些词语的用法，和"招招同归于尽，笛笛两败俱伤"这有点生硬的两句，还有书中给武林人物取的诨名：金笛秀才、西川双侠、千臂如来、石敢当、鬼见愁、追魂夺命剑、铜头鳄鱼、九命豹子、绵里针、神弹子、独角虎、俏李逵、武诸葛、鸳鸯刀，明显都在模仿传统小说。尤其是硬要给周仲英的女儿、徒弟也取了"俏李逵、神弹子、独角虎"这三个外号，这种故意就更为明显。这样的例子在金庸的小说中随处可见，比如，"一招是全真剑法的厉害剑招，一着是玉女剑法的险恶家数"④，如此行文一看就是传统小说的家数。当然，《书剑恩仇录》的书

---

① 金庸：《书剑恩仇录》（上），生活·读书·新知三联书店1994年版，第127页。
② 同上书，第146页。
③ 同上书，第174页。
④ 金庸：《神雕侠侣》（二），生活·读书·新知三联书店1994年版，第522页。

第二章　优美的语言

目也是证据，明显模仿传统的章回小说。这种仿章回小说书目的做法直到《神雕侠侣》为止，而到了《天龙八部》他更是填了一首词来做回目。后来可能是发现自己并不擅长吟诗、作对、填词，目录就老老实实地写，藏拙了。看他的书名，《书剑恩仇录》《射雕英雄传》《飞狐外传》《倚天屠龙记》《鹿鼎记》，"录""传""记"都是史书的体裁，他取的这些书名更是和我国的传统小说一脉相承。不说魏晋南北朝小说中众多的如《搜神记》《幽明录》《汉武帝内传》，唐传奇中众多的如《虬髯客传》《枕中记》《玄怪录》，"四大名著"就有三个这样的名字：《三国志通俗演义》《水浒传》《西游记》。

金庸的小说有一个先天的缺陷，就是它的出身，也就是我们前面说的他的创作目的。他最初的创作目的就是吸引读者来买连载这些武侠小说的报纸，这说明两点：一是他的目的是功利的，二是每天写一段会造成顾头不顾尾的问题。虽然他后来花了十年时间修改，但作为这种先天的缺陷，有些很难改，有些则没法改。所以他虽然作了很多修改和完善，但毛病还是很明显，比如（本文均以大陆的第一个正版《金庸作品集》——1994年三联版为依据）：《射雕英雄传》第940页，郝大通未说，丘处机却已知江南六怪上过桃花岛。《飞狐外传》第371页，苗人凤的话"我自是不受他激，一开盒盖"自相矛盾；第438页，此时秦耐之讲他们适才听马春花说才知是福康安所生，可第414页他们就说马春花的两个儿子"万金之体"。《倚天屠龙记》周芷若使奸，张无忌、谢逊恢复功力后谢逊仍不对张无忌讲明，非要到少林寺才画图刻于地洞之中，不合情理。《连城诀》中狄云在狱中自缢被丁典救下后骂丁典的话居然是"神经病"。《天龙八部》第1247页，

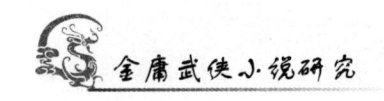

虚竹助苏星河打败星宿老怪后居然对苏星河说出："这个顺水人情，既然你叫我非认不可，我就认了。"这句话出自段誉之口是非常合适，出自木讷的虚竹之口就不合适了。《笑傲江湖》中的"君子剑"岳不群居然对和他一样偷偷自宫练"辟邪剑法"的女婿林平之明显的改变视而不见（而书中交代在嵩山大会中令狐冲在很短的时间里就注意到他们两人的这种改变），没有杀林平之居然是因为私下询问女儿而女儿替林平之圆了谎。在这部书他特意安排的情节中这是说不过去的。因为是江湖上有盛名的"君子剑"，是要偷偷自宫的，而且练的是武林瞩目的他冤枉令狐冲偷的林平之家传的"辟邪剑法"。书中交代了他对与此相关的人一概痛下杀手，绝不手软。最绝的是他也曾对林平之下过杀手，只是当时没有杀死，而后面居然就放过了。虽然书中也借林平之的嘴说是因为自己严加防范，但以他们之间各方面的差距，这个"谎"是很难圆的。《鹿鼎记》第220页，海公公从不知韦小宝的名字，这时却说了出来；第667页，前面皇甫阁的手下从地上能捡到沙石，同一个地方，现在韦小宝要捡，"偏生地下扫得干干净净，全无泥沙可抓"；第1300页，写吴六奇、马超兴在柳江上和陈近南相认，虽然是大风雨，他们居然大声呼喊，自报姓名、职位，好像他们不是反清复明的天地会，而是什么合法的帮会；第1695页，前面韦小宝已"舍轿乘马"，后面又"走出轿"……

　　但是，这个世界上没有任何东西只有负面影响没有正面影响，金庸小说的这个"先天缺陷"亦复如此。小说语言的"中国化"固然是他的审美追求，其实当初应该也是为了迎合占绝大多数的普通华人读者的口味。20世纪五六十年代的香港，报纸的连载小说，水平相当的欧化语言的西式小说和仿传统的章回小说，

第二章 优美的语言

编辑和读者会更喜欢哪一个应该是没有疑问的，而报纸连载的武侠小说用欧化语言来写可能就成问题了。用中式的语言来写，把它写得味道纯正，写得美，金庸做到了这一点。

> ……却可以想见《射雕英雄传》大受欢迎的程度，不仅风行香港，而且波及东南亚。每天报纸一出来，很多人首先会翻到副刊去看他的连载。市民街谈巷议的话题，多半与小说中的人物、情节有关。人们一路追看下去，看过一遍不过瘾，又看第二遍，第三遍，看过连载，又看每"回"一本的小册子，还要看最后结集出版的单行本。曼谷每一家中文报纸都转载他的作品，并在报馆门口贴出前一日和当日连载的作品。当时各报靠每天往来于香港至曼谷的班机送来香港的报纸再转载，但到了小说的紧要关头，有的报纸为了抢先，不再坐等班机到来，而是利用地下电台的设备，通过电报来发表香港当天作品的内容，以满足读者迫不及待的渴望。[①]

金庸小说的语言随着环境、人物、情节呈现出来，把环境写得似乎触手可及，把人物写得活灵活现，把武打写得酣畅过瘾，把对话写得各有口吻，称得上高手。特别是在今天祖国语言被大量侵蚀的情况下，金庸使用的这种文白相间而非夹杂、典雅优美又雅俗共赏的纯正中国味的语言，为中国人提供了使用语言的很好的典范。

[①] 傅国涌：《金庸传》，浙江人民出版社2013年版，第114页。

第三章 引人入胜的情节

金庸武侠小说吸引读者的一个重要原因和其他武侠小说一样，是设置的曲折的引人入胜的情节。但和其他武侠小说不同的是，他的情节既出人意表、一波三折、引人入胜，又合情合理、让人信服，同时他的绝大多数作品结构完整，成为一个浑然一体的世界。

第一节 高超的写作技巧

不记得是哪位文化名人说过，当作家不需要多少文化，但是必须有丰富的人生阅历、天生的讲故事的能力和一定的写作能力。这话就算不全对，起码也没有大毛病。金庸的人生阅历肯定称得上丰富，虽然据说拙于言辞，但他讲故事的能力肯定是天生的：

金庸：我自己以为，文学的想像力是天赋的，故事的组织力也是天赋的。同样一个故事，我向妻子、儿女、外孙儿女讲述时，就比别人讲得精彩动听得多，我可以把平平无奇

第三章　引人入胜的情节

的一件小事，加上许多幻想而说成一件大奇事。我妻子常笑我："又在作故事啦！也不知是真的还是假的。"①

天赋这个东西没法说，我们只能说能说的东西。而高超的写作技巧正是他的小说能够营造如此引人入胜的情节的保障，我们不妨把他的与情节有关的几种主要的写作技巧一一罗列②。

一　定线

1. 时空顺序法
2. 关键勾连法
3. 情思贯穿法

确定线索对于一部小说的写作来说非常重要，它的意思就是用一样东西把所有情节贯穿起来，使之成为一个整体，而非支离破碎。这样东西可以是时间，可以是一个关键的人、事、物，也可以是作者的情思。但是具体的写作实践几乎是不可能按照写作书上讲的那样做的。比如上面所列的三种线索都对，但是在实践中它们往往是很难分开的。可是如果不把它们分开来讲，又很难讲清楚。其实书名字面意思相当于"写作学高级教程"的《文心雕龙》也是采用分析的方法来讲的。可见分析综合的方法虽然有盲人摸象之嫌，但现在人们普遍采用它作为研究方法是有道理的。前面讲过，这个世界本来就是矛盾的，我们总是处在"以子

---

①　金庸、[日]池田大作：《探求一个灿烂的世纪——金庸/池田大作对话录》，北京大学出版社1998年版，第89页。
②　以下所列写作技巧均参照周姬昌主编，李保均、林可夫副主编《写作学高级教程》"第六章　技巧论"，武汉大学出版社2009年版。

之矛攻子之盾"的尴尬境地。

金庸小说的结构一般都不复杂,这可能也跟他的写作目的有关。他要照顾到最普通的读者,所以不可能把自己的小说搞复杂。不像曹雪芹,《红楼梦》结构非常复杂不好懂,但这可能不是他关心的问题,他关心的应该只是是否把自己要讲的完美表达出来了。金庸小说结构最复杂的可能也就是笔者认为的他水平最高的《天龙八部》,按段誉、萧峰、虚竹三兄弟三条线索来组织。但是,先天的缺陷后果是很严重的。即使是这部看似结构最完整、严谨的作品,离完美还是相当遥远。从作品推想,金庸原来是打算让这三条线索并行、交叉,然后再合并为一个完整的圆形结构。萧峰、虚竹这两条线索是做到了的,两人相处的时间虽然不长,相关的描写更是不多,但上一代的经历、国家、武林的利益、情仇已经牢牢地把他们从刚出生时就拴在了一起,两条线索一路走来,并行、交叉,最后各自完成了使命,走到各自的终点,画上完满的句号。但最重要的、貌似最相关的段誉这条线索是游离的,与其他两条线索并没有必然的关系,只是在金庸的安排下,勉强与二人结拜为兄弟,否则他们之间并没有什么必然的联系。貌似是段誉把其他二人结拜在一起,实际上此二人即便不结拜也有扯不断的关系。此处绝无贬低金庸武侠小说的意思,因为从当初小说连载的时间我们就可以知道,他的小说一般是上一部还没有结束,下一部就开始,有时甚至两三部同时进行[①]。

这些小说几乎都是每天写一段,大约构思一个钟头,写一

[①] 参看严晓星《金庸识小录·金庸年谱简编》,中华书局2012年版。

第三章　引人入胜的情节

个钟头，每段千字左右，当夜排版，次日见报，有些一写就是两三年，有时写到后面忘了前面是否交代过，有时没有伏笔，前后有些不连贯，情感、故事有漏洞……自1959年以来，十几年间，正是金庸一手写武侠，一手写社评，成就了他的事业，使《明报》从一张微不足道的娱乐小报，成长为香港举足轻重的大报，从三个人发展为一个广有影响的明报企业集团。[①]

在这样的情况下写出来的，确实是非常了不起，但对于文学创作而言，这样的先天缺陷既是无法避免的，同时也是无法克服的。

他的其他作品一般都是一条线索，然后加入一些穿插。而且，这些线索还真逃不出这三点：时间、关键和情思。当然，它们经常是混在一起的。

金庸的小说几乎都是以时间为线索进行顺叙，加入适当的插叙、补叙，偶尔也会用倒叙，同时大多用了"关键勾连法"。

《书剑恩仇录》，他当初拟定了这个题目后，安排的"书"应该是回部的"圣书"《可兰经》，"剑"应该就是霍青桐送给陈家洛的藏有地图的古剑。小说的主要情节大致是跟这两样东西有关，这个书名基本成立。

《碧血剑》的名字应该跟上一部书结尾陈家洛给喀丝丽作的墓志铭中的"碧血"二字相关，作为连载小说，他注意到这种承接关系是很自然的。书中金蛇剑是关键，几乎全部是靠它把主干情节串起来的。这证明了金庸在该书后记中讲的书中最重要的是没出场的袁崇焕和金蛇郎君。故事显示袁承志表面承的是父亲的

[①] 傅国涌：《金庸传》，浙江人民出版社2013年版，第217—219页。

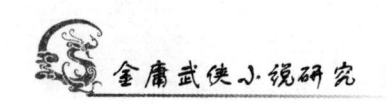

志，潜意识里承的是夏雪宜的志。全书讲的是袁崇焕的爱国情怀，表达的却是夏雪宜的儿女情长。

《雪山飞狐》的"狐"书中交代了就是"胡"。书中的李闯军刀引出胡、苗、范、田四家情仇、争斗的渊源、真相，引出藏宝图，引出世人丑恶的行径。但是这把短刀到了《飞狐外传》中却变成了长刀。

《射雕英雄传》的"九阴真经"第一次出现在"第四回 黑风双煞"，然后把全真教、桃花岛、丐帮、白驼山、大理段氏一个个引了出来，最后善有善报，恶有恶报。取名《射雕英雄传》，但那对大雕在书中不算很关键。而《神雕侠侣》中的神雕的关键性也有一比，要说有什么统领全书的关键物，还真没有。关键的是人，"射雕英雄"和"神雕侠侣"。

《倚天屠龙记》的倚天剑、屠龙刀更直接就是书名，前面俞岱岩就因为这"武林至尊"的屠龙刀而终身残疾。该书笔者认为结构欠妥，它的"帽子"太大，仿佛成了第二个"头"。金庸的本意可能是为了交代武当派的出处，当然，更主要的是为了给整个故事交代一个出处，但是如果是基于以上目的，绝对用不了这么长的篇幅——十章，一章足够了。他当初在报纸上连载的时候会这样，很容易理解，但修改结集出版以后还这样，只能是一个原因——他不愿意删。他为什么不愿意删呢？想来是因为前面郭襄苦苦思念杨过这一章。虽然前面这个引子太大，但确实埋好了线索——大家看到了的屠龙刀和还没看到的倚天剑。主角张无忌的出生跟它们有关，父母的自杀跟它们有关，自幼身受重伤跟它们有关，习得绝世武功跟它们有关，做上明教教主跟它们有关，爱情的酸甜苦辣跟它们有关，整本书都是由它们串联起来的。

第三章 引人入胜的情节

《鸳鸯刀》的鸳鸯刀也是一开场就大吊读者的胃口，说是其中藏有天下无敌的秘诀。这条线索结构一部中篇小说自然是很轻松的，最后还交代了秘诀：仁者无敌。这部小说和《碧血剑》一样，表面讲的是鸳鸯——刀，实际上讲的是鸳鸯——人，让人觉得作者是在探讨做夫妻的道理。

《白马啸西风》的关键物是那张高昌藏宝图。主人公李文秀父母的死，她会从江南来到草原全是因为这张图。尤其是她的人生、她的爱情也都由这张"藏宝图"象征了：一场空。

《天龙八部》没有一样统领全书的关键物，如果非要找，那就是武功秘籍。从逍遥派的武功秘籍到六脉神剑剑谱，再到少林寺的武功秘籍——少林七十二绝技、《易筋经》。一心追求它们的一般都枉费了心机，其实那样还好一些，否则更是祸害无穷；不想要的，它们反而自动上身，赶也赶不走。和全书的精神一致，关键的也是人："天龙八部"，各色人等。

《连城诀》的"连城诀"是全书的关键，狄云的入狱、爱情，丁典的爱情，戚长发师门的互相算计、残害，凌知府的灭绝人性都与之有关并由它连接起来。

《笑傲江湖》的"辟邪剑法"（《葵花宝典》）一出场就鬼气森森，带来武林的血雨腥风。福威镖局被灭门，紧接着令狐冲被逐出师门，遭遇的倒八辈子霉的、千载难逢好运的、各种稀奇古怪的事情全与它有关。他爱的人不爱他，爱他的人他不爱。吃够苦头后勉强爱了，乱七八糟地成了顶尖高手，还顺便维护了武林的正义、和平。

《侠客行》的关键是"玄铁令"加上"赏善罚恶令"。"玄铁令"勾连起差不多前三分之一的故事，而"赏善罚恶令"则负责后面的情节。"玄铁令"的出场让人怀疑是在看别的作者的武侠小说，当然，这种疑惑随着情节的推进很快就消失了。而"赏善罚恶令"的开场和结局的巨大差异则令读者有了一种不小的审美刺激。当然，这两种"令"都是加在主角"狗杂种"身上来完成整个故事的。

《鹿鼎记》的《四十二章经》中藏的鹿鼎山的藏宝图是关键。作者先是把韦小宝送到了皇宫，然后就开始让他一部部地去寻找这些《四十二章经》。后来还让他知道了其中的秘密，并且送来双儿为他拼好图纸。就这样把皇宫、天地会、云南、神龙教、台湾、西藏、蒙古、罗刹国串起来，完成了金庸的最后一部小说。

因为是武侠小说，所以这个"关键"大多是宝刀、宝剑，又多半和武功秘籍有关。这些"关键"还有好些是藏宝图，可能与他认为香港人的物欲强烈[1]和受他最喜欢的小说之一《基督山恩仇记》[2]的影响有关。

自然，金庸被称为"写情圣手"是有道理的，真挚、强烈、浓郁的感情是他的小说吸引人的一个重要原因，所以情思贯穿在他的每一部小说中这是不用说的。而《神雕侠侣》《白马啸西风》《连城诀》就更为突出，甚至可以说是用武侠小说包装的言情小说。

《连城诀》《白马啸西风》篇幅较短，武打描写没有出彩之处，但另有打动人的地方。

《连城诀》无论是丁典对自己爱情故事的叙述，还是狄云经历的爱情，还是整本书的基调，都是悲伤。作为草莽布衣的丁典和翰林、知府凌退思的女儿凌霜华因为花而相爱。凌退思想要获

---

[1] 见傅国涌《金庸传》，浙江人民出版社2013年版，第381页。
[2] 见金庸、[日]池田大作《探求一个灿烂的世纪——金庸/池田大作对话录》，北京大学出版社1998年版，第189页。

第三章 引人入胜的情节

取丁典掌握的大宝藏的秘密,又痛恨丁典"污辱"了他的门庭,欺骗、陷害丁典和自己的女儿,抓丁典入狱,逼女儿以母亲之名发誓不见丁典,逼女儿出嫁以致女儿用刀划破面孔抗婚,最后阴谋不成把女儿活活钉入棺材。虽然丁典在前面说过:

> 以后的日子,我不是做人,是在天上做神仙,其实就做神仙,一定也没我这般快活。每天半夜里,我到楼上去接凌小姐出来,在江陵各处荒山旷野漫游。我们从没半分不规矩的行为,然而是无话不说,比天下最要好朋友还更知己。[1]

但后面说到,破了相的、曾经非常美丽的非常爱惜自己容颜的凌霜华为了能和丁典死后合葬,愿意出面求人,所谓生不能同寝,死也要同穴。最后狄云答应给他们合葬,丁典说:"我死得瞑目,我好欢喜……"[2]

这中间有一段文字:

> 他眼角斜处,月光下见到废园角落的瓦砾之中,长着一朵小小的紫花,迎风摇曳,颇有孤寂凄凉之意,便道:"你给我采了来。"狄云过去摘下花朵,递在他的手里。
>
> 丁典拿着那朵小紫花,神驰往日……[3]

这真是神来之笔,金庸和其他武侠小说作家最明显的区别就

---

[1] 金庸:《连城诀》,生活·读书·新知三联书店1994年版,第95页。
[2] 同上书,第104页。
[3] 同上书,第99页。

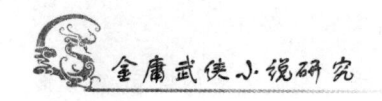

在这些地方透露出来。

　　《白马啸西风》就更稀奇了，它是金庸十四部作品中唯——一部以女性为主角的作品，而且作者似乎以女性的视角来看待这个世界。李文秀跟父母被追杀逃到回疆，父母遇害，她逃到计老人的小屋。她喜欢的天铃鸟被苏普诱捕，她用妈妈留给她的唯一的东西——玉镯换回它的自由。苏普为了回报她，又去捉了两只，她告诉苏普喜欢的是它自由地歌唱。她的歌声非常美妙，被誉为草原上的天铃鸟。她和苏普青梅竹马、两小无猜；苏普把平生第一次打到的狼皮献给了她（苏普的妈妈是被汉人强盗奸杀的，哥哥也是被他们杀害的，苏普的爸爸痛恨汉人），为此被他爸爸毒打。她把狼皮挂在了苏普本族的哈萨克小美女阿曼的帐篷外，而且再不见苏普。苏普和阿曼好了，她孤独地长大。后来机缘巧合练成一身武功，仍然孤独。最妙的就是全书的最后两段：

　　可是哈卜拉姆再聪明、再有学问，有一件事却是他不能解答的，因为包罗万象的《可兰经》上也没有答案：如果你深深爱着的人，却深深的爱上了别人，有什么法子？
　　白马带着她一步步的回到中原。白马已经老了，只能慢慢的走，但终是能回到中原的。江南有杨柳、桃花，有燕子、金鱼……汉人中有的是英俊勇武的少年，倜傥潇洒的少年……但这个美丽的姑娘就像古高昌国人那样固执："那都是很好很好的，可是我偏不喜欢。"[1]

---

[1] 金庸：《雪山飞狐·白马啸西风》，生活·读书·新知三联书店1994年版，第394页。

第三章 引人入胜的情节

而以"情"贯穿始终、串联全书情节最为明显的就是《神雕侠侣》。表面看来《神雕侠侣》和《射雕英雄传》是姊妹篇，人物、内容都有承继关系，都是以时间为线索，其实不然，《神雕侠侣》整部小说纯是以"情"贯穿全书、结构全书。一开头以李莫愁的"情杀"引出了杨过。杨过当时是个小叫花，受尽了欺侮。郭靖、黄蓉收留了他，但黄蓉怎么看都担心他像父亲。人的本性就是善恶都有的，接受教育还少不明事理的小孩子欺负弱小是很正常的，偏偏杨过生性倔强又极为敏感，所以他到桃花岛后被武氏兄弟欺负，事情迅速激化，以致无法待下去。贯穿其中的满是委屈、悲愤之情。郭靖送他上终南山重阳宫，偏又遇上个心胸狭隘的师傅，和黄蓉一样只教"文"，不教"武"，同门较技还非要他上场。于是悲愤的他又把事情搞得不可收场。逃到活死人墓，小龙女不肯收留他，孙婆婆用死换来了他的被收留，其中是催人泪下的同情。小龙女问杨过是否愿意娶她为妻，莫名其妙的杨过说"不"，这是第一次分离。千辛万苦找到，并且帮助小龙女夺得武林盟主之位后，因为他们的师徒恋不合当时礼法，襄阳城中黄蓉劝离了小龙女，这是第二次分离。再找到，小龙女就要做人家的新娘了。再复合，两人几乎都付出了生命的代价。杨过为拯救武氏兄弟，令小龙女误会，又离他而去。这次再找到，小龙女就跳崖了，但是大家不知道。杨过苦等一十六年。为了不再惹得别人相思，深自收敛，不再以真面目示人，谁知道一出场就引得小郭襄神魂颠倒。最终和小龙女成神仙眷属，令郭襄遗恨终生。这中间的一次次离、合、离，让重读的人一次次不忍看下去，怎一个"情"字了得，不愧为写情圣手。

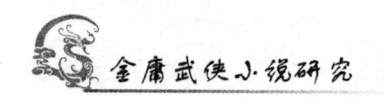

二 伏应

伏应就是伏笔和照应。这是金庸小说很常用也用得很成功的一种技巧。

《射雕英雄传》开头第7页，杨铁心、郭啸天请说书先生到村头小酒店喝酒，有一段描写："小酒店的主人是个跛子，撑着两根拐杖，慢慢烫了两壶黄酒，摆出一碟蚕豆，一碟咸花生，一碟豆腐干，另有三个切开的咸蛋，自行在门口板凳上坐了，抬头瞧着天边正要落山的太阳，却不更向三人望上一眼。"看到这样的描写，读者一般不会注意，只当是环境描写来看。可是到第12页，他们碰到从大内盗宝回来的跛子，才知这曲三居然是个武功高手。前面就是伏笔，这儿就是照应。读者虽然前面并未留心，到这儿吃一惊，却多半会想："嗯，我前面就觉得这个店小二有点儿古怪。"这就有一种审美惊喜。等到全书的中间第848页，发现这个曲三居然是黄药师的首徒曲灵风，这是又一次照应，前面的两个在这儿对于它都算伏笔了。这样写除了有我们前面讲的"惊""喜"的效果，还能使小说产生环环相扣的效果，增进读者对小说真实性的信任。而伏应这种手法贯穿了全书。前面郭啸天、杨铁心两兄弟雪夜饮酒，丘处机赠送他们两个未出世的孩子两把削铁如泥的短剑，这就为日后郭靖初遇"黑风双煞"杀死陈玄风、包惜弱再遇杨铁心用短剑自杀埋下了伏笔。而郭靖初遇江南七怪、"黑风双煞"那一晚，七怪变六怪，双煞变单煞，六怪还发现陈玄风的肚子上被人割去一块皮，这又为后来梅超风在蒙古悬崖顶上出现而武功大进埋下伏笔。而郭靖捡到她掉的卷轴，则为后面桃花岛上遇见周伯通,学习"九阴真经"埋下伏笔。此处又为郭靖求亲成功,后来黄药师翻脸,洪七公、郭靖、黄蓉九死一生,郭靖武功"被迫"迅速提高预埋了伏笔。洪七公、郭靖、黄蓉和欧阳锋父子的争斗造成洪七公和郭靖重伤,郭靖和黄蓉疗伤几天几夜通过密室镜子窥视到的事情,又为江南五怪惨死,郭靖、全真教和黄药师反目,郭靖为救百姓对黄蓉失信埋下伏笔。小说从开头起,一路环环相扣,一直到结尾华山论剑,伏应其功甚伟。

说《射雕英雄传》是金庸的成名作,奠定了他在武侠小说世界的霸主地位是有道理的。除了我们前面讲的,从这部小说开始他的武打描写完全进入了随心所欲的境界,想象力完全开放(当然,这些也表现在故事的编造上),写作技巧的成功运用(包括伏应)使得全书布局纵横捭阖却又结构严谨也是很重要的原因。

《射雕英雄传》的姊妹篇《神雕侠侣》弱于《射雕英雄传》,笔者认为原因就在于结构不如后者严谨,全书似断裂为前后两个部分。它的断裂处就是本应为连接处的第三十三回"风陵夜话"。这一回做的本应是致力于把空白的16年连接起来,而作者却把过多笔墨放在了"西山一窟鬼"和史家兄弟的争斗上。虽然可以解释为写双方争斗是为了引出杨过,但这个问题正如前面所说《倚天屠龙记》的"帽子"太大一般,喧宾夺主了。

虽然"西山一窟鬼"出自前人的拟话本小说,但这一章居然有别人代写的感觉。这种"文气"不一致和喧宾夺主的根本原因可能都还是我们前面说的先天问题——为了吸引读者。他在写这些连载小说的时候会经常把别人连载的武侠小说拿来看一下,进而研究一下是合情合理的,所以受到同时期武侠小说的影响也是合情合理的。类似"西山一窟鬼"的名字和程灵素、阿朱、任盈盈等擅长的"易容术",还有类似东方不败、任我行、洪教主用来控制下属的"三尸脑神丹""豹胎易经丸""百涎丸"等在同时期的武侠小说中都是经常出现的。

《倚天屠龙记》是"帽子"过大,而《神雕侠侣》是下半身过于瘦小,以致全书比例严重失调。但说一千道一万,《神雕侠侣》仍然是很多读者(包括笔者)喜爱的武侠小说,甚至是最喜爱的武侠小说,伏应仍然在其中起了很大的作用。全书一开始李莫愁的出场和霍都率领一帮妖人大闹重阳宫,是为小龙女的正式登场埋下伏笔。而霍都、达尔巴以及后面"藏边五丑"的出场,还有洪七公对"藏边五丑"内功的称赞,是为金轮法王这个大反派的登场埋下伏笔。全书最后觉远和尚、张君宝、潇湘子、尹克西和苍猿的出现,则是为下一本书的武当派和《九阳真经》被张无忌找到埋下伏笔。全书使用伏笔仍然很多,比如说这部小说中最让人揪心的杨龙二人分离16年的问题,金庸早早就埋下了伏笔:

> 公孙止把捏不定,金刀直飞起来,在初升朝阳的照耀之下,金光闪烁,掉入了崖下山谷,过了良久,才传来极轻微的一响,隐隐似有水声,似乎谷底是个水潭。[1]

> 原来蒙古大军焚终南山,全真教道士全身而退,所携出的都是教中的道藏经籍,周伯通却捎了一只木箱,将小龙女养驯的玉蜂装了不少而来。[2]

---

[1] 金庸:《神雕侠侣》(四),生活·读书·新知三联书店1994年版,第1220页。
[2] 同上书,第1222页。

第三章 引人入胜的情节

这里把小龙女跳下绝情谷不死还能获救的两个条件——水潭、玉蜂，悄悄地放在这儿，不引起读者的注意，等到照应时——小龙女获救时的详细描写，再给读者一个大大的惊喜，这就是金庸对伏应这种写作技巧的高超驾驭。

伏笔这种技巧金庸使用在他的每一部作品中，比如他写得最好的《天龙八部》，第 217 页写木婉清初遇刀白凤，有一个心理描写，"段郎的妈妈美得很啊，这模样挺像画中的观音菩萨"，这就为后面交代段誉的出生留下了伏笔。而段誉的身世对这部书故事的编排至关重要，所以安排的伏笔不止这一个。到了第 219 页见到了段正淳，又用木婉清的内心独白埋下一个伏笔，"幸好段郎的相貌像他妈妈，不像你"。在这中间，第 218 页，仍不忘用她的内心独白为她自己的身世埋下伏笔，"师父言道，男人越富贵，越没良心，娶妻子要讲究甚么门当户对"。当然，伏笔不只为段家而设，到第 1576 页的一段话，"包不同道：'公子爷做晋文公，咱四兄弟便是狐毛、狐偃、介子推……'忽然想到介子推后来为晋文公烧死，此事大大不祥，便即一笑住口"，埋下了包不同日后被慕容复杀害的伏笔。再比如《笑傲江湖》，一开头就讲林平之漂亮，为书快结尾处他练成"辟邪剑法"后的"漂亮"形象埋下了伏笔。《鹿鼎记》为叛徒风际中预埋了多处伏笔，第 331 页，为辩明徐天川杀白寒松的不得已，玄贞道人邀风际中模拟当时动手的情景，"貌不惊人"的他第一次正式出场便有了不俗的表现。第 1040 页，青木堂众人应韦小宝要求当着阿珂整郑克爽，风际中演戏比武输给韦小宝，有一处韦小宝的内心独白："风大哥向来不爱说话，哪知做起戏来，竟然似模似样。"第 1152 页，韦小宝目睹杨溢之被害的惨状，拔匕首说要去把吴应熊的手

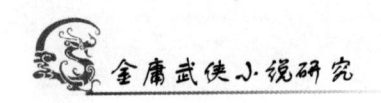

脚斩了，风际中劝他从长计议，书中有句话，"此人说话不多，但言必有中，韦小宝向来对他忌惮三分"。

这样的例子举不胜举。

> 韦小宝心想："这姓齐的做事周到之极，先让那姓郎的丢个大脸，逼得他非悄悄溜走不可。待得王府中发现死了人，丢了东西，自然谁都会疑心到姓郎的身上。很好，这一个乖须得学学，干事之前，先得找好替死鬼。"①

> 韦小宝……寻思："钱老板当真聪明得紧，第一次在一口死猪中藏了个活人进宫，第二次倘若再送死猪进宫，不免引人怀疑，索性送一口活猪进来，让它在御膳房中喂着，什么花样也没有，就算本来有人怀疑，那也疑心尽去了。对，要使乖骗人，不但事先要想得周到，事后一有机会，再得补补漏洞。"②

韦小宝这个不是英雄的"英雄"建立了"丰功伟绩"，撒谎、圆谎是他的重要手段，以上两段就是他的学习心得。从某种意义上讲，写小说就是在编一个谎言来骗读者相信。在生活中说谎骗人我们一般都认为是不对的，但写小说能把读者骗得心悦诚服，骗得欢喜赞叹，骗得痛哭流涕，那就是像韦小宝一样的高手了。在这里，笔者认为金庸无意中透露了他的写作技巧的秘密，而这个技巧正是伏笔和照应。

前面讲到的《神雕侠侣》的例子，16年后仍有下文，写黄蓉

---

① 金庸：《鹿鼎记》（一），生活·读书·新知三联书店1994年版，第389页。
② 金庸：《鹿鼎记》（二），生活·读书·新知三联书店1994年版，第456页。

第三章 引人入胜的情节

寻女寻到万花谷，老顽童献宝捧出翅膀上刻有"我在绝情谷底"的玉蜂，说是外面飞来的，有几年了。这一节算是对前面的照应，也可以算是另一种技巧——悬念的一部分。

三 悬念

悬念包括设置悬念和释放悬念两个部分。

前面说到的《神雕侠侣》的例子，金庸写到金刀落入深潭和周伯通带玉蜂过来这两件事均避免了读者的注意，因为在当时杨龙二人命悬一线、情节扣人心弦的情况下，谁会去注意这两个貌似顺便提到的细节呢？这就是伏笔的写法。如果前面引起了读者的注意，等到后面照应出现时就很难引起读者强烈的惊喜。而设置悬念则恰恰相反，必须引起读者的关注，胃口吊得越高越好，这样等到释放悬念时才能让读者获得充分的满足。上文说到的玉蜂刻字的这个细节，金庸是有意引起读者的疑惑的，但是由于杨龙分别16年后能否再见的这个悬念太大，再加上这里插入了郭襄能否获救的这另一个悬念，所以这个细节成为这两个悬念的设置部分中的一个单元，同时它还确实算对周伯通携来玉蜂这个伏笔的一个小的照应。

金庸的每一部小说都充满了悬念。

《书剑恩仇录》：文泰来救得出来吗？陈家洛和乾隆帝到底有何瓜葛？陈家洛和喀丝丽、霍青桐两姐妹的感情纠葛将如何收场？玉山的宝藏是什么？陈家洛和喀丝丽最终的结局是什么？

《碧血剑》：袁承志的命运如何？盗库银的是什么人？袁承志和温青青、阿九他们最终的结局如何？

《射雕英雄传》：江南七怪能找到李萍和她儿子吗？郭靖这么笨能行吗？"九阴真经"到底是什么东西？杨铁心的后人如何呢？洪七公能好吗？他们能逃出压鬼岛吗？江南五怪是谁杀的？郭靖和黄蓉会如何收场？

《雪山飞狐》：铁盒中究竟是什么东西？雪山上有什么古怪？雪山飞狐是谁？胡、苗、范、田的仇怨由何而来？胡斐和苗若兰的爱情能成吗？

《神雕侠侣》：杨过的命运如何？他和小龙女能好成吗？情花之毒能解吗？分别16年后能见到小龙女吗？

《飞狐外传》：小胡斐的命运如何？苗人凤的眼睛能治好吗？胡斐和袁紫衣、程灵素的关系会怎样？他最终能杀掉凤天南吗？

《倚天屠龙记》：小张无忌的命运如何？谁抓的六大门派？屠龙刀、倚天剑哪里去了？张无忌和这几个女人的关系会怎样？谢逊能救出来吗？

《白马啸西风》：李文秀的命运会怎样？高昌迷宫的秘密是什么？李文秀的情感如何了局？

《鸳鸯刀》："鸳鸯刀"的秘密是什么？

《天龙八部》：段誉的痴情如何了结？"大恶人"是谁？萧峰的命运会如何？天山童姥是谁？"梦姑"是谁？谁会成为西夏驸马？

《连城诀》：戚长发去哪里了？狄云会遭遇什么？连城诀的秘密到底是什么？

《侠客行》：石破天是谁？谁是石破天？侠客岛是怎么回事？

《笑傲江湖》：辟邪剑法是什么？命运准备怎么安排令狐冲？武林准备如何争霸？令狐冲的爱情如何收场？

《鹿鼎记》：韦小宝的命运如何？神龙教是什么东西？韦小宝

第三章　引人入胜的情节

能离开通吃岛吗？他的结局如何？

　　这些悬念有复杂的，有单一的。单一的比如《鸳鸯刀》，因为是个中篇小说，篇幅不长，所以一个悬念——鸳鸯刀中藏着的号称天下无敌的秘诀是什么？就能把整个小说情节组织起来，再加上一些小的穿插，一部在金庸的作品中不算好但仍然让人喜欢的小说就大致成型了。但是他的小说一般篇幅比较长，更重要的是他要吸引读者，所以他使用的悬念一般都比较复杂。比如前面提到的《神雕侠侣》，一开始金庸就制造了一个悬念：李莫愁当真会血洗陆展元家吗？等到杨过出现了，读者的视线全部被金庸带过来集中到他身上。金庸通过一系列的布置：郭靖把杨过带到桃花岛，但黄蓉觉得他和他父亲杨康很像，所以不教他武功，而武氏兄弟欺他孤苦，偏他又认了欧阳锋做义父，乱学了蛤蟆功，在桃花岛待不下去；郭靖送他去全真教学武，偏又不巧扫了全真教的威风；杨过偏又摊上个心胸狭隘的师傅，受尽折辱。如此等等，一方面令读者彻底地站在杨过一边，另一方面读者正因为彻底站在了杨过一边，所以胃口就被大大地吊了起来：这个孤苦伶仃的、聪明的、可爱的、倔强的小孩的命运会怎么样？随着阅读的进行，读者的心一会儿提起来，一会儿放下去，一会儿捏紧，一会儿放松，被金庸控制着跟着杨过遭遇一次次不凡的经历。虽然心跳一直没能安稳，但眼看这孩子就要成为一个万人景仰的大侠了，尽管一条胳膊给人砍了，小龙女也差点成了别人的老婆。可是金庸不肯就此放手，"呼"地制造了一个天大的悬念，凭空掐掉了16年。"16年后能见到小龙女吗"，对于阅读进行到这儿的读者来说绝对是一个天大的悬念，因为金庸精彩的文笔在之前已经把情节渲染得惊心动魄：杨龙二人吃尽苦头终于相聚，可双双中了情花之毒，小龙女似乎不可救了，杨过可救但不想活了。悬念出现了，小龙女绝壁上留字叮嘱杨过16年后相会。但真能相会吗？这个悬念牢牢地控制了读者的心。

金庸的长篇小说差不多都是这样，总的悬念下面又设好些分悬念，复杂的和单一的交叉进行，而且经常还有几个总悬念，把一部小说组织得悬念纷呈、高潮迭起。

四　穿插和补叙

穿插，即在主要情节中插入次要情节的手法。而补叙则是把前面的关键环节放在后面来补充叙述的写作手法。把前面的关键环节后置时有意避开读者的注意就是埋伏笔，后面补充叙述时就是照应；把前面的关键环节后置时故意引起读者的注意就是设置悬念，后面补充叙述时就是释放悬念。穿插和补叙是不同的写作手法，但经常容易混淆，所以把它们放在一起讲，以便区分清楚。

《书剑恩仇录》使用穿插的手法很少，也就是阿凡提替村民解决纠纷的那一节了。陈家洛到莆田少林寺查到文书，读者因此得知于万亭为什么是陈家洛的义父以及乾隆帝身世的大秘密，这不是穿插，而是补叙，是释放悬念。

《碧血剑》后记中金庸说它的真正主角是袁崇焕，其次是金蛇郎君，还说修订时花在这部书上的气力最多，然而自己觉得袁崇焕没写好，后来又补了篇《袁崇焕评传》。《袁崇焕评传》不是武侠小说，不在本书的研究范围，这里不置评论。我们把《碧血剑》读下来，发觉袁崇焕不是没有写好，而是其实很难看到他的影子。可见人的目标有时和结果实在相差太远。但是如果说金蛇

第三章　引人入胜的情节

郎君是真正主角，可能很多读者都能同意。所以弗洛伊德的学说虽然遭到很多人的批判，但是他说人类的很多行为是由潜意识控制的说法还是被人们普遍接受。夏雪宜这个从未出场的人物形象塑造得很成功，靠的就是穿插，靠温仪、焦公礼、何红药的叙述来完成。而袁承志他们找到库银和五毒教遭遇不是穿插，是补叙，是释放悬念。

《射雕英雄传》对周伯通和瑛姑以及南帝的恩怨的交代是通过穿插，对从未出场的天下第一高手王重阳的叙述靠的是穿插，对从未出场的黄药师的夫人的叙述靠的是穿插。而交代包惜弱救的完颜洪烈的身份是补叙，是对前面伏笔的照应；"黑风双煞"没出场时对他们来历的交代是通过柯镇恶的嘴来补叙，释放对那些可怕的骷髅堆的描写造成的悬念，同时一起来完成对"黑风双煞"这个悬念的设置；对"九阴真经"来历的交代是补叙，是对前面设置的悬念的释放；天竺僧翻译了"九阴真经"总纲，后面令洪七公能够复原，这属于补叙，是对前面埋下的伏笔（那一篇乱七八糟的文字）的照应；而后面补叙黄蓉乱教欧阳锋"九阴真经"总纲，以致他头上脚下地乱来，也是对前面这个伏笔的照应；而黄蓉在蒙古军远征途中教授郭靖武穆遗法神奇制胜，则是对前面他们和欧阳锋争夺"武穆遗书"的遥相呼应，是补叙。实际上，照应和伏笔隔得越远越好，近了就没有意思，悬念的设置和释放也是这样。当然，写作时要看具体情况来定。

《雪山飞狐》中穿插的比例就非常高了，可以说这部书的主角倒是真没出场——胡一刀夫妇，他们的故事——次要的故事变成了主要的故事，是靠穿插来完成的，也就是说由苗若兰、阎基、平阿四和陶百岁的口述来完成。在穿插——口述的过程中，

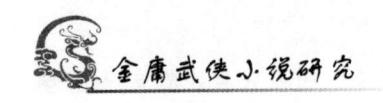

胡、苗、范、田四家血仇的真相，李闯军刀的秘密也都被补叙出来，前面设置的悬念一一得到释放。

《神雕侠侣》中使用穿插不是很多，王重阳和林朝英、裘千尺和公孙止的恩怨均属于穿插进来的次要情节，前面说过的"西山一窟鬼"和史家兄弟的争斗也属于穿插，但稍显喧宾夺主。李莫愁成"魔"、武三通变"疯"的原因，必死的小龙女为何没死的原因，补叙就是释放悬念。杨过给郭襄三根金针，小郭襄马上很郑重地使用了两根，杨过认为她很幼稚，到这里是伏笔，后来郭襄跳崖递上第三根金针，这仍然算补叙，完成了照应，让我们为少女的真情所感动。

《飞狐外传》中袁紫衣的身世和"毒手药王"门中恩怨的交代用的都是穿插。前面对苗人凤、南兰、田归农的情仇的补叙是在释放悬念，而其中和钟氏三雄的打斗又是为后面情节埋下的伏笔。对马春花儿子来历的补叙是给前面和福公子会面这个伏笔的照应，同时又是对马春花惨死预先埋下的伏笔。

《倚天屠龙记》我们不说它那个太重的"帽子"，后面"紫衫龙王"的爱情这个穿插进来的次要情节却是必需的，因为关乎小昭的出处、去处，关乎对于这部小说非常重要的"明教"。前面对于小昭长相的描写又是引出"紫衫龙王"的伏笔。而对于书中多个悬念的释放都是在补叙，比如谁抓了六大门派，周芷若的武功为什么会突飞猛进，谢逊的师父为什么要害他。

《白马啸西风》中瓦尔拉齐为什么如此恨自己的族人以及和马家骏反目成仇的原因都是用补叙来释放悬念，当然全书最大的悬念"高昌迷宫"的秘密也是用补叙来释放的。

《鸳鸯刀》中袁冠南和肖中慧身世的交代是对前面林玉龙夫

妻说不吵不闹不是夫妻这个伏笔的照应。

《天龙八部》三个主人公段誉、萧峰、虚竹的身世都是用穿插的手法来写的，还有阿朱、阿紫的身世，而逍遥派中无涯子和苏星河、丁春秋师徒间的恩怨，无涯子和天山童姥、李秋水、李秋水妹妹的爱恨情仇，天山童姥和灵鹫宫下属的关系则是用补叙来释放前面设置的悬念。

《连城诀》中有一个金庸小说中最感人的爱情之一的——丁典和凌霜华的爱情，是穿插进来的次要情节。狄云为什么被冤枉、戚长发的下落、连城诀的秘密，这些悬念的释放都是用的补叙。

《侠客行》"狗杂种"被认成石破天的原因和侠客岛的真相都是补叙完成的悬念的释放。

《笑傲江湖》是金庸小说中水平非常高的一部，它是金庸的倒数第二部作品，笔者认为绝不输于关门之作——《鹿鼎记》。它在一开始设置的悬念：林家的"辟邪剑法"到底是怎么回事？谁偷了林家的袈裟？谁杀了劳德诺、英白罗，砍了林平之一刀？等到从林平之和劳德诺的嘴里补叙出谜底，全书已近尾声。悬念的设置和释放隔得如此之远，吊足了读者的胃口。魔教老教主任我行的身份和现任教主东方不败"男变女"的揭示是补叙在释放悬念，而东方不败的"男变女"对林平之和劳德诺的补叙又起到了伏笔的作用。至于金庸作品中最纯洁、最让人动容的单恋的主角——仪琳的父母的来历，则是属于穿插。

《鹿鼎记》对施琅的来历的交代用的是穿插。用海大富的口来补叙引出顺治帝是释放悬念；借陶红英的嘴来补叙《四十二章经》的秘密是释放悬念；对阿珂身世的补叙是释放悬念。韦小宝在鬼屋获赠双儿和后来杀吴之荣是对开篇文字狱的照应，并非补

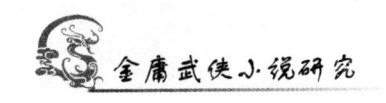

叙，但其中庄家少奶奶口述的被救和学习武功又是补叙。韦小宝初上神龙岛陆高轩请他欣赏书法，是对少室山初遇胖头陀一事的照应，但不是补叙，可对毛东珠身份的了解确是补叙。洪教主临死前陆高轩补叙苏荃怀孕是对韦小宝在扬州妓院和七女同床的照应。

金庸小说的情节均线索分明、悬念纷呈。他娴熟地运用对比、张弛、抑扬、动静、虚实等写作手法，把一个个虚构的故事写得真实性、可读性极强。

就拿他的成名作——《射雕英雄传》来说，和他的大多数作品一样，是以主人公郭靖为主要线索。先写郭靖的父母——郭啸天和李萍。前面说了郭啸天和义弟杨铁心夜晚打猎碰见从大内盗宝回来的跛子曲三，为后面情节的发展埋下一个伏笔。二人晚上喝酒又来了与官府作对的丘处机，赠予二人未出世的孩子一对短剑，二人相约以后孩子或成夫妻或成兄弟姐妹，又远远地为以后的情节埋下了伏笔。金兵来追杀丘处机，杨铁心的夫人包惜弱救了个人，就近埋下两家家破人亡的祸因。为救李萍，丘处机与江南七怪大打出手，后来约定分别调教郭杨两家后人，十八年后再分高低。郭靖生在大漠，从小木讷，心肠却热，与铁木真的幼子——拖雷义结金兰。江南七怪终于找到了他，深夜收徒却碰到"黑风双煞"。铜尸被杀，铁尸梅超风被射瞎双眼，江南七怪成了六怪。六怪苦苦教导，郭靖进步迟缓。且不说前面好多悬念的设置与解开，到这里有关主人公的一组总的悬念就架起来了：郭靖武功会高吗？他以后会怎么样？丘处机找到了杨家后人吗？是男是女？武功怎样？与郭靖关系如何？江南六怪以后如何？郭靖与铁木真——以后的成吉思汗一家关系会怎样？金庸将悬念一个一

第三章 引人入胜的情节

个慢慢解开，在这过程中又产生很多新的悬念，比如出现了黄蓉：她聪明绝顶的父亲会接受郭靖这个傻女婿吗？郭靖与华筝的婚约怎么办？每一个悬念都令读者牵肠挂肚，因为都不好解决。单说郭靖密室疗伤一节，无人保护，暗门又可打开，还有个傻姑知道，外人又一拨拨地来，这七天七夜熬得过去吗？金庸却不急，一张一弛、从从容容地娓娓道来，该写什么他照写，但该少的地方绝不多写，该多的地方绝不少写。前面的伏笔后面必有照应，一环一环扣死。为了写紧急，笔调故意显得轻松。好容易大功就要告成，郭靖却要放弃，金庸又安排黄药师来帮他镇定。这中间不忘补叙老顽童在皇宫戏弄沙通天等人，还略点了傻姑的身世，初写全真七子的北斗七星阵，交代了七子变六子和梅超风之死，还有黄药师与全真七子、江南六怪的矛盾。描述了杨康杀欧阳克的冷静，郭靖听到华筝来找他的尴尬。这一切又都为以后情节的发展埋下了伏笔。金庸总是这样，早早地埋下伏笔，做好准备，在总线定好的前提下，同时操纵几条线，或交叉，或平行，不温不火，欲扬先抑，欲抑先扬，到关键时自然照应，有放就有收，有收就有放，总是使读者意想不到，却又那么自然。正如金庸的多部作品都会有一个大的悬念，《射雕英雄传》也有一个大的悬念，就是江南七怪中的五怪是谁杀的？由这个悬念金庸安排了郭靖对自己深爱的黄蓉反目，和柯镇恶、全真六子围攻黄药师，写得惊心动魄。读者也看出不是黄药师所为，可又想不通五怪是如何死的，只好继续被金庸牵着鼻子走在他的武侠王国。悬念的设置惊心动魄，到解疑了，同样惊心动魄。黄蓉跳出去孤身与众恶人斗智，杨康惨死，黄蓉使计摆脱欧阳锋，躲在神像背后的柯镇恶被欧阳锋喝出，黄蓉又用自己代替，站在小说外的读者只有心潮起伏的份儿。

金庸对写作技巧的成功运用，使我们读者在阅读中品尝到如痴如醉、畅快淋漓的巨大快感。

第二节　圆形结构

圆是中国传统文化认为的世界的一种本质属性，太极阴阳图是对这种认识的最好的图解，它所呈现的这个世界是周而复始的、无往不复的、不断发展变化的，同时又是圆满自足的。而这也是传统中国人遵循自然规律的一种刻意的追求，上至哲学层面，下至日常生活。

我们认为写得好的语句绝不是锋芒毕露、张牙舞爪的，而是收敛的、含蓄的，有余味的。我们认为"上邪！我欲与君相知，长命无绝衰。山无棱，江水为竭，冬雷震震，夏雨雪，天地合，乃敢与君绝"（汉乐府《上邪》）固然好，而"君问归期未有期，巴山夜雨涨秋池。何当共剪西窗烛，却话巴山夜雨时"（李商隐《夜雨寄北》）的这种含蓄、言有尽而意无穷的更有韵味。中国小说从魏晋南北朝初创到唐代成熟，在宋元放出异彩，再到明清蔚为大观，发展出了我们自己的特色。小说中的主要人物、故事情节一般都要有始有终，也就是说出了场得有收场，开了头得有结尾，不能不知所终没有交代。大致呈现出一种环环相扣的圆形结构。还有一点就是似乎得到公认的中国传统小说和戏剧都有的所谓的大团圆的结局。这个"大团圆的结局"并不一定就是善有善报、恶有恶报、欢天喜地的圆满结局，而是诸般头绪到这里须有一个结束，故事呈现出一个自然的结局，而不是人为地切断，给读者留下遗憾。这两点其实是一而二、二而一的事情，是我们的传统小说在民族审美心理、民族审美习惯的影响下自然发展出来的特点。和前面提到的书法、诗歌一样，我们追求含蓄、内敛、圆的东西，而这种追求在中国传统文化的任何方面都是一致的，音乐、绘画、雕塑、建筑、园林、武术、烹饪、服饰等，无不如此。

有一个问题我们可以讨论一下，就是前面提到的中国传统小说大团圆的结局。西方小说喜欢以悲剧结尾，就像鲁迅先生说的"悲剧是将人生的有价值的东西毁灭给人看"（《再论雷峰塔的倒掉》），而且往往喜欢人为地把结局切断，让读者自己去想象。这个无可厚非，这是他们的审美追求，关乎他们对世界的理解，关乎他们的哲学。但如果说西方小说的这种写法就比我们传统小说的高，笔者认为大谬不然。以探求世界真相为目的的科学发展到今天，告诉我们这个世界很多都是未知的，很多都是不确定的，那么，在小说中表现的世界无论是悲惨的还是欢乐的、理性的还是非理性的、和谐的还是矛盾的，其实都无可厚非，因为它表现的只是作者对世界的有限的认知。那么，小说中的故事讲完或者不讲完、如何来讲也都无可厚非，因为那只是跟作者对小说的认识有关。再说以悲剧结尾这事，其实我们的传统小说很多也是这样的，比如《霍小玉传》，比如《杜十娘怒沉百宝箱》，悲得不能再悲了吧？而这样的小说是很多的。中国传统小说所谓的大团圆的结局就是上面说的，它是要有一个自然的结局、一个完整的故事，不要人为地切断，给读者留下遗憾。所以"大团圆的结局"这个表述是不准确的，应该是"圆的结局"，它是圆形结构中的一部分。

前面说了金庸和我们一样置身在东西方文化交流、冲突的时代，他本身同时受到东西方文化的陶冶，他的小说同样同时受到东西方文化的影响，他的小说的"中国味"却是他刻意的追求。而西方文化对金庸小说的影响和东方文化一样明显。他小说中一以贯之的平等、自由、博爱的思想明显来源于西方，而具体到小说的创作手法受西方影响的也很明显。比如他的成名作《射雕英雄传》"第二十四回　密室疗伤"，郭靖和黄蓉在镜子的这一边——黑暗的密室，通过镜子可以看到另一边——明亮的房间中的一切，而房间中的人根本不知道，于是在作者设定的疗伤必需的几天时间中，他们看着一拨拨的人进来、出去，演出一幕幕精彩的戏，这种手法明显来源于西方戏剧。而最为明显的例子是《雪山飞狐》，核心情节是由四个次要人物的口述来完成的，他们叙述的几乎是同一个故事，但到了关键地方却又不同，于是随着一次次的叙述，真相终于揭开，这种手法明显来源于西方小说（而创作时间紧靠前面的《神雕侠侣》"风陵夜话"一回，金庸把十六年隔断的两部分连接起来的方法就是这种手法的简易版）。当然，更不要说他对这部小说结尾的处理，就是我们前面讲的典型的西方小说的结尾，人为地把故事切断，留下悬念让读者自己去想象。在前面引述的金庸的原话中他讲过巴金、茅盾、鲁迅的小说其实是用中文写的西方小说，在这儿我们不妨套用这句话，《雪山飞狐》其实是一部用武侠写的西方小说。

有一个说法，说每个作家的所有小说其实就是同一篇，这个说法是有道理的，只是有的作家明显，有的作家不明显。作家们也都力图变化，希望能够不断地有所突破，所以金庸在第三部小说《射雕英雄传》成名后，作出了《雪山飞狐》这个大胆尝试是可以理解的。但是效果应该是他自己也不满意,之后他不再有类似的尝试(《侠客行》的结尾和这个不是一回事,那是为了和小说的主旨相配合,我们后面会说到)。他的小说的"中国味"越来越纯正,在写作手法上也是一样。

我们现在再回过头来讨论一个问题,就是传统中国人对"圆"的追求。这里不讨论"圆"是不是世界本质属性的问题,我们把这个问题大大缩小,只讨论在小说创作中追求"圆"是否有道理。前面我们说了,作家在小说创作的各个方面力图创新,希望能够不断地有所突破,而传统中国人追求的"圆"似乎代表的是相反的意思,因为它从起点出发后,绕一个圈,又回到了原点。而这里恰恰能够在西方找到支持我们的理论。弗洛伊德原来发现人类最本质的本能是"生"的本能,即人类总是求新、求变。后来他发现人类有一个比"生"的本能更为本质的本能——"死"的本能,即人从出生起一生做的事情其实都指向一个目的——回到起点。[1] 我们从读者的角度来看,读者固然希望作家能够不断地有所突破,能给他的阅读带来新鲜感,但他同时总是很愿意能在作品中看到自己熟悉的东西,而这也正是伏应这种技巧能够存在的缘由之一。伏应这种技巧不仅能够造成小说环环相扣的感觉,关键是它能让读者看到自己熟悉的东西,获得一种本能上的满足。当然,这又是一个以子之矛,攻子之盾的问题。但还是像我们前面说的那样,阅读中又看到熟悉的东西,如果是你不喜欢的小说,你会觉得雷同、讨厌;如果是你喜欢的小说,你感觉到的可能就是相反的了。

---

[1] 参见《弗洛伊德后期著作选·超越唯乐原则》,林尘等译,上海译文出版社1986年版。

对于我们这些金庸迷，在阅读过程中就经常会有这种欣喜的、仿佛和老朋友见面的感觉。比如他形容美女的辞藻层出不穷，然而有一个成语"吹气如兰"却在几乎每部作品中出现，从喀丝丽到钟灵、木婉清、任盈盈……都是"吹气如兰"，可能金庸的眼睛不好，因为医学上说的代偿作用，嗅觉特别发达，对这一点很看重。像钱钟书在《围城》中引经据典地对腋臭发过一大段议论，肯定也是嗅觉很发达，但他闻到的就是相反的了。金庸小说中的武功招数可以说数不胜数，但有一个剑招叫作"金针渡劫"，也几乎在他的每部作品中都出现过。可能是用"金针"来形容剑他觉得比较形象，而和"渡劫"一起又和他信仰的佛教有关。当然，像"降龙十八掌""一阳指""九阴白骨爪"这几个"老朋友"我们在他的系列小说"射雕三部曲"中就会与之重逢了。他的系列小说只有这一套，但是"降龙十八掌""一阳指"我们又会在《天龙八部》中看到。《天龙八部》是在《射雕英雄传》之后，但书中告诉我们萧峰是在洪七公之前。"射雕三部曲"当初写作时并非没有间隔，中间夹着《雪山飞狐》和《飞狐外传》。他把这几部作品作为系列来写肯定是有意的，虽然我们不称《雪山飞狐》和《飞狐外传》为系列（因为两部小说中胡斐和苗若兰的关系完全不同，而这对于两部作品至关重要，且天龙门的宝刀也从一把短刀变成了长刀）。金庸当初的这种有意为之应该是发现这种做法在读者中比较讨好。《射雕英雄传》和《神雕侠侣》就不说了，三部曲中隔得比较远的《倚天屠龙记》他也刻意注重了它们的承继关系。由郭襄、张君宝（张三丰）来引入故事（虽然有关这一点我们前面说了他有点弄巧成拙），不忘交代郭靖、黄蓉的结局，在张无忌少年成长时期还安排了朱子柳、武

第三章　引人入胜的情节

三通的后代来当坏人，书的后面第 1526 页用"九阴真经"神功以正压邪收拾周芷若的黄衫女子，走时自称"终南山后，活死人墓，神雕侠侣，绝迹江湖"，被史帮主的女儿叫为"杨姊姊"，指明是杨过、小龙女的后人。"九阴真经"在三部书中也分别有照应。《射雕英雄传》中周伯通在桃花岛介绍黄裳发明"九阴真经"时就提到了"明教"。而"倚天剑"的名字我们在他的第一部小说——《书剑恩仇录》第 465 页就已看见。在《书剑恩仇录》第 484 页还出现了《四十二章经》的名字，这是他的最后一部小说——《鹿鼎记》中的关键。而李沅芷的身上已经很有黄蓉的样子。第二部小说——《碧血剑》中的夏雪宜也很有几分杨过的痴情、偏激、多智。《倚天屠龙记》中赵敏在少林寺用嘴帮助谢逊打败成昆与《射雕英雄传》中黄蓉在华山用嘴帮助她父亲、洪七公打败欧阳锋如出一辙。《笑傲江湖》中令狐冲割腕喂老头子的女儿——老不死血和《神雕侠侣》中杨过咬腕喂小龙女血一样。《飞狐外传》不仅照应了《雪山飞狐》，在快结尾处还照应了第一部小说——《书剑恩仇录》，让我们看到了陈家洛和红花会的一干豪杰还有陆菲青（无青子），赵半山还在书中充当了一个重要角色；还有一个哏儿，就是胡斐错将陈家洛认成福康安，这是《书剑恩仇录》中的人也犯的错；另外还有一个关键的，让我们看到十年后陈家洛来给喀丝丽扫墓。金庸的最后一部作品——《鹿鼎记》主人公韦小宝著名的"花差花差"在《飞狐外传》第 18 页阎基的嘴里就听到了。《鹿鼎记》安排了九难（阿九）和何惕守（何铁手）多少不等的精彩出场，还有韦小宝口中的姓"龟"的一家，还把历史上真实存在的大将张勇坐轿子打仗归结为归老二打的，还有冯难敌的出场，且分别提到了袁承志和温青青，来照应第二部作

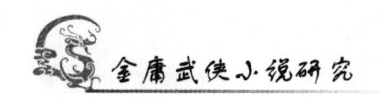

品——《碧血剑》。澄观老和尚被韦小宝这个小滑头欺骗，苦思破解阿珂、阿琪武功时心理活动曾提到大侠独孤求败……

我们在阅读的过程中看见这些熟悉的面孔不仅不烦，反而确实有一种欣喜。而前面举的这些例子绝大多数金庸肯定是有意为之，那么，我们可以说金庸以自己的实践证实了传统小说对"圆"的追求是有道理的。

金庸小说在《雪山飞狐》之后越来越遵循传统小说结构的方式：环环相扣，无往不复。在叙述手法上基本采用顺叙娓娓道来，加上适当的插叙、补叙。比如他最好的作品——《天龙八部》，段誉、萧峰、虚竹三个主角，段誉先上，一出场就引人喷饭，傻傻呆呆的，但马上就让人觉得很可爱。一路跌跌撞撞，一路奇遇。很快就碰到了命里的魔星——王语嫣，神为之夺。这时萧峰出现了，那会儿还叫乔峰，出场老前面我们就听到了他的大名。大名之下却没什么好，爹是谁也不知道，"大恶人"是谁也不知道。后来知道了，是一个人。身为异族，无法在中原存身，却被一个汉人女子——阿朱死死爱上。阿朱死了，萧峰去辽东，入辽国，做了南院大王，还是一死。在这过程中还得段誉帮认了一个生死兄弟——虚竹。虚竹的经历更是奇幻。丑，孤儿，小和尚，成了逍遥派掌门、灵鹫宫主人、西夏驸马，靠的是善良、真诚、缘分。不要说主角的故事都是完整的、有头有尾，配角的故事也都是有头有尾的。我们和乔峰的名字一起听见的慕容复，一番折腾成了傻瓜。挟持段誉到江南的鸠摩智忙到头一场空，反而悟成高僧。段正淳和爱他的一帮女人最终死在一起，也算成了正果。再次要一点的配角也都交代了结局。四大恶人各有归宿，南海鳄神——这个段誉的假徒弟还让我们觉得挺可爱。慕容复的四个部曲的结局让人觉得比主子还惨,让我们知道不能做奴隶。逍遥子、李秋水、天山童姥三个为情痴的大高手都没得好死。慕容博、萧远山两个执着于国仇家恨的大高手双双出家少林。阿朱为深爱的萧峰死了,她的妹妹——小魔女阿紫抱着深爱的萧峰的尸体跳崖了,深爱她的可怜可恨可鄙的游坦之也跟着跳下去了。人物和线索基本上都有头有尾,呈现为圆形结构。总体上给人从容不迫、大气磅礴的感觉。

金庸的作品基本上是这样,开头平淡、舒缓地进入,随着叙述的展开,情节跌宕起伏,精彩纷呈,让读者欲罢不能,又总能给人一种雍容大度的感觉,应该是得益于这种圆形结构。

第三节 情节为主题服务

何谓主题?主题就是作者通过作品想要告诉读者的东西,也就是作者寄托在作品中的思想感情。金庸寄托在小说中的思想我们后面会有专门的讨论,这里只讨论他寄托在作品中的感情。

前面我们说了,强烈、真挚、浓郁的感情是金庸小说的一大特点,也是他的小说吸引读者的一个重要原因。实际上所有的文学艺术作品都是以情动人的,这关系到我们人之所以为人。前面我们还说了,科学发展到今天,实际上很多都还是未知。就笔者很有限的知识而言,科学甚至无法证明我们确实是像我们以为的这样活着。俗话说"耳听为虚,眼见为实",但科学告诉我们,我们所谓亲眼看见、亲耳听见、亲手摸到、亲口尝到、亲自闻到、亲自感受到的这个世界,它是传到我们大脑皮层中的电信号。但是无法证明它不只是传到我们大脑皮层中的电信号而已。主张一切皆空的佛教能成为世界三大宗教之一，主张世界的本质是"无"的道家思想千百年来能一直吸引中国的读书人，看来都是有一定道理的。宣扬一切皆是虚无，主张自身修行的小乘佛教相比大乘佛教其实更符合佛教寂灭的本意，但大乘佛教大慈大悲、普度众生的胸怀才真正光大了佛门。佛教传到中国能兴起观音信仰，而且观音由男性变为女性，也正是因为她大慈大悲、救苦救难的形象。再说道家，老庄如果真的觉得世界的本质是"无"，那他又去写《老子》《庄子》干什么呢？春秋时的介之推就说过："言，身之文也。身将隐，焉用文之？是求显也。"① 但正是因为老庄对人世间的这一份眷恋，我们才能在两三千年后看到他们光彩照人的思想。人类历史上从来没有一部文学艺术作品仅仅是因为描写权力是如何让人膜拜，金钱是如何满足人的欲望，色欲是如何让人欲死欲仙而吸引广大受众的，但是，只需要一段小小的、真挚的感情，比如安徒生的《海的女儿》，就能让我们为她落泪。情感，在人世间似乎看不见、摸不着、虚无缥缈，但又似乎是最真实、最值得我们留恋的。一个完全没有感情的人是难以想象的。一个文学艺术工作者感情非常丰富是正常的，而且是必需的。

　　金庸在《书剑恩仇录》的后记中说第一部小说自然写印象最深刻的故事，这固然不错，但笔者以为他自然更是会写印象最深刻的情。

　　这部书是金大侠第一次出手，但确实出手不凡，别的也还罢了，情确实写得非常好。写陈家洛初遇喀丝丽，是看见她在湖里洗澡，这不能不让人想到牛郎织女的故事，而后面金庸也居然让

---

① （清）阮元校刻：《十三经注疏·春秋左传正义·卷十五》，中华书局1980年版，第1817页。

第三章　引人入胜的情节

陈家洛给她讲了这个故事。而且，还讲了秦观的《鹊桥仙》的"金风玉露一相逢，便胜却人间无数"，那是为了给他们的结局埋下伏笔。傍晚时走到一座大山旁，半山峭壁上盛开着两朵雪莲。因为看出她很喜欢，陈家洛便奋不顾身地去摘，摘下来捧给她时金庸写道：

那少女伸出一双纤纤素手来接住了。陈家洛见她的手微微颤动，抬头望她脸时，只见珍珠般的眼泪滚了下来，有几滴泪水落在花上，轻轻抖动，明澈如朝露。[①]

这样的文字仅有所谓的文采是写不出来的。为什么在"文采"前加"所谓的"三个字？因为我们知道精神世界的法则和物质世界的法则不一样，"文采"并非放在作文好手仓库里的一件东西，想用时随时可以取用。要想取用是有条件的，这个条件就是作者真挚的感情。

接下来金庸写这二人无意中走进清军和回部大军对峙的阵前，他在这里把前面讲过的《陌上桑》"耕者忘其犁，锄者忘其锄"的写法发挥到极致，两军战士的斗志居然因为目睹喀丝丽的绝世容光而消解，一触即发的大战被推迟。接下来写他们参加回族人的偎郎大会：

原来她妹子喀丝丽虽只十八岁，但美名播于天山南北，她身有天然幽香，大家叫她香香公主。回族青年男子见到她

[①] 金庸：《书剑恩仇录》（下），生活·读书·新知三联书店1994年版，第503页。

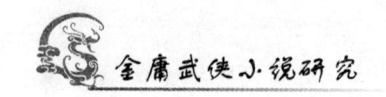

的绝世容光，一眼也不敢多看，从来没人想到敢去做她的情郎，此时忽见她下座歌舞，那真是天下的大事。

香香公主轻轻的转了几个身，慢慢沿着圈子走去，双手拿着一条灿烂华美的锦带，轻轻唱道："谁给我采了雪中莲，你快出来啊！谁救了我的小鹿，我在找你啊！"①

当时应该还从来没有参观过假郎大会的金庸，我们不能不说他有超卓的想象力，能把这个细节写得如此感人。当然，我们说了，这后面需要强烈、真挚的感情。

后来陈家洛和喀丝丽在狼群、清军的包围中脱困，霍青桐还出奇制胜打败了清军。他们从迷宫中脱困后，陈家洛要去莆田少林寺，他和这两姐妹告别。

陈家洛硬起心肠道："你跟姊姊去吧！"香香公主垂泪道："你一定要回来！"陈家洛点点头。香香公主道："你十年不来，我等你十年；一辈子不来，我等你一辈子。"②

这样的话看着平常，但是没有深厚的感情是说不出来也写不出来的。

后来他们终于又得相见，陈家洛兑现自己的承诺带她去游长城，而这是此生相见的最后一天。当太阳落山时，金庸写道：

香香公主听着他柔声安慰，望着太阳慢慢向群山丛中落

---

① 金庸：《书剑恩仇录》（下），生活·读书·新知三联书店1994年版，第518页。
② 同上书，第713页。

第三章 引人入胜的情节

下去,她的心就如跟着太阳落下去一般,忽然跳了起来,高声哭道:"大哥,大哥,太阳下山了。"①

读者看到这里可能也会忍不住哭泣,不是因为这里有什么不得了的文采,而是因为寄托在文字中的真情。当然,这里我们也很容易想起《神雕侠侣》中 16 年后杨过如约到绝情谷见小龙女却看不到她的影子而太阳下山时的描写。"金庸说,写到杨过等不到小龙女而太阳下山时,曾哭出声来"②,作家一定要先感动自己才有可能感动读者。

而最后纯洁、虔诚的喀丝丽选择宁愿下地狱也以自杀来警示情郎,红花会众英雄为报仇大闹皇宫,把福康安捉到回疆。如此好看的情节不能不说是围绕着"情"来编排的。陈家洛和香香公主的生离死别写得一唱三叹、痛彻心扉,不愧为"写情圣手"。

主角的爱情写得好,小配角的爱情写得也很感人。金庸安排周绮开始很讨厌徐天宏,而徐天宏也设计收拾了她。后来和清兵大战,大家被冲散,两个"冤家"碰到一起。危难中互相照顾渐生情愫。身世孤苦的徐天宏后来在陈家洛的主持下入赘周家,将要和心爱的姑娘成婚。

> 次日周绮吵着要父母陪她去游湖,周仲英答应了。周绮向徐天宏连使眼色,要他同去。徐天宏不好意思出口,只作不见。常言道:"知子莫若父。"周仲英知道女儿心思,笑道:"宏儿,我们从未来过杭州,你同去走走,别教我们迷

---

① 金庸:《书剑恩仇录》(下),生活·读书·新知三联书店 1994 年版,第 761 页。
② 傅国涌:《金庸传》,浙江人民出版社 2013 年版,第 137 页。

了路走不回来。"徐天宏应了。周绮悄声道:"爹爹叫你就走,我叫你,就偏不肯。"徐天宏笑着不语。他幼失怙恃,身世凄凉,这时忽得周仲英夫妇视若亲子,未婚妻又是一派天真娇憨,对他甚是依恋亲热,虽在人前亦不避忌,不但自己欣喜,众兄弟也都代他高兴。①

金庸非常了解人的感情,所以能把这些细节写得非常感人。后来二人新婚之夜,骆冰和几个兄弟打赌要把新人的衣服偷出来,就去骗周绮,假装传授她妻子压倒丈夫的秘诀。

周绮听了这番话,虽然害羞,但想到终身祸福之所系,也就答应照做,心中打定了主意:"但教他不欺侮我便成,我总是好好对他。他从小没爹没娘,我绝不会再亏待他。"②

这样平凡、普通的心理描写最能写出普通人的真情实感,打动我们这些普通读者。

后来写到陈家洛他们陷入清军重围,众人逃生无望,红花会众兄弟让陈家洛带香香公主骑白马逃命。陈家洛带香香公主走后又孤身返回要和大家同死,谁知过一会儿香香公主也回来怪陈家洛怎么让她独活。周绮说先前错怪陈家洛心志不坚,说如香香公主这样情深义重,别说她貌若天仙,就是个丑八怪自己也爱。

骆冰对周绮道:"怪不得你这般爱七哥,原来他心好。"

---

① 金庸:《书剑恩仇录》(上),生活·读书·新知三联书店 1994 年版,第 242 页。
② 金庸:《书剑恩仇录》(下),生活·读书·新知三联书店 1994 年版,第 439 页。

第三章 引人入胜的情节

周绮道："不是么？他人虽鬼灵精，心肠却是很好的。"徐天宏得爱妻当众称赞，心中乐意之极。①

写爱情和写别的东西一样，其实并非要写得像何红药爱夏雪宜爱得那样可怕、杨过爱小龙女爱得那样痛苦才感人，金庸笔下的这样平凡的我们每个普通人都可能有的爱情的描写同样感人。

金庸这个"写情圣手"是一以贯之的。《碧血剑》中夏雪宜和温仪的爱情写得也很成功，对温仪的写法和写喀丝丽也有相似之处。

金庸小说中的那些著名的爱情，比如郭靖和黄蓉的、杨过和小龙女的、段誉和王语嫣的等，这里不再讨论，后面会有专章论述。

我们再来讨论一下不太著名的《飞狐外传》中的胡斐的爱情，尤其是程灵素对他的单相思的爱情。

金庸在该书的后记中写道："我企图在本书中写一个急人之难、行侠仗义的侠士。武侠小说中真正写侠士的其实并不很多，大多数主角的所作所为，主要是武而不是侠。"他这个话是讲得很对的，很多武侠小说其实应该叫武打小说。武侠小说最重要的按说应该是"侠"，不是"武"。而"侠"应该是没有大小之分的。金庸塑造了"侠之大者"——郭靖，说是"为国为民"，而"国"绝不见得就比"民"大，孟子早就说过"民为贵，君为轻，社稷次之"。胡斐是金庸小说中唯一一个为了素不相识的小老百姓一路追杀跟他毫无关系的凶手的人，应该是金庸小说中最纯粹

---

① 金庸：《书剑恩仇录》（下），生活·读书·新知三联书店1994年版，第550页。

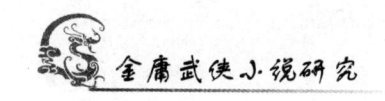

的"侠"。但也可能是因为他的有意为之,所以这个形象塑造得并不是很成功,但"情"仍然是写得很好。

> 她直吸了四十多口,眼见吸出来的血液已全呈鲜红之色,这才放心,吁了一口长气,柔声道:"大哥,你和我都很可怜。你心中喜欢袁姑娘,哪知道她却出家做了尼姑……我……我心中……"
>
> 她慢慢站起身来,柔情无限的瞧着胡斐……低低地道:"我师父说中了这三种剧毒,无药可治,因为他只道世上没有一个医生,肯不要自己的性命来救活病人。大哥,他不知我……我会待你这样……"①

单相思因为得不到回报,所以显得很可怜,有时候甚至显得很蠢,但这个蠢是我们每个人都可能"犯"的。任何爱,只要不伤害别人和自己,应该都是没有过错的。而有时候正因为没有回报,反而显得伟大。金庸小说中最感人的爱之一就是《笑傲江湖》中小尼姑仪琳对令狐冲不求回报的单恋。

程灵素聪明绝顶,毒术天下第一,但长相平平。胡斐非常关心她,但不爱她,爱美丽的袁紫衣;她都知道,却深爱胡斐。最后她选择把自己的生命献给了胡斐。如果是现实世界,她这样的结局可比《神雕侠侣》中程英、陆无双悒郁终生强多了。说如果,因为我们知道都是虚构的,但是相信这些事情在现实世界是可能的。如果认为是不可能的,绝对不会为之感动。

---

① 金庸:《飞狐外传》(下),生活·读书·新知三联书店1994年版,第698页。

第三章 引人入胜的情节

金庸安排胡斐中毒，程灵素舍命相救。田归农设伏要杀他，心爱的姑娘带伤跑来警告他。九死一生中打败敌人，可已经出家了的姑娘还是要走。

> 圆性双手合十，轻念佛偈：
> "一切恩爱会，无常难得久。
> 生世多畏惧，命危于晨露。
> 由爱故生忧，由爱故生怖。
> 若离于爱者，无忧亦无怖。"
> 念毕，悄然上马，缓步西去。
> 胡斐追将上去，牵过骆冰所赠的白马，说道："你骑了这马去吧。你身上有伤，还是……还是……"圆性摇摇头，纵马便行。
> 胡斐望着她的背影，那八句佛偈，在耳际心头不住盘旋。
> 他身旁那匹白马望着圆性渐行渐远，不由得纵声悲嘶，不明白这位主人为什么竟不转过头来。①

圆性（袁紫衣）的这一段偈语后半段在《倚天屠龙记》第7页郭襄听觉远大师念过，出自《佛说妙色王因缘经》，前半段截取自《佛说鹿母经》，是圆性还是金庸的大作就不知道了。文尾写白马"纵声悲嘶，不明白这位主人为什么竟不转过头来"，但是我们认为想说这话的不是白马，却不知道是胡斐还是金庸。金庸在程灵素和胡斐前面的话中都少有地用了几个省略号，表现了

---

① 金庸：《飞狐外传》（下），生活·读书·新知三联书店1994年版，第724页。

单相思人的"蠢"。但我们不会认为他们蠢，反而还会同情，因为正如前面说的，这样的"蠢"是我们每个人都可能"犯"的，而金庸很好地写了出来。作家的伟大就在于这里，他们高超的运用文字的能力让我们跟着他们喜，跟着他们悲，有时候还能"言有尽而意无穷"。比如前面程灵素死后胡斐的一段心理描写：

"小妹子对情郎——恩情深，

你莫负了妹子——一段情

你见了她面时——要待她好

你不见她面时——天天要十七八遍挂在心！"

王铁匠那首情歌，似乎又在耳边缠绕，"我要待她好，可是……可是……她已经死了。她活着的时候，我没待她好，我天天十七八遍挂在心上的，是另一个姑娘"。①

她爱他，而他不爱她，他爱的是另一个她；他爱她，而她不爱他，她爱的是另一个他。这个世上总是会有这样的事情，这就是佛家说的孽缘。这可能也是金庸要在小说中搬出佛经来的原因。

金庸对民歌看来是很喜欢的。他在《白马啸西风》中还用了新疆民歌。

"啊，亲爱的你别生气，

谁好谁坏一时难知。

---

① 金庸：《飞狐外传》（下），生活·读书·新知三联书店1994年版，第703页。

第三章　引人入胜的情节

要戈壁沙漠变成花园,

只须一对好人聚在一起。"

听到歌声的人心底里都开了一朵花,便是最冷酷最荒芜的心底,也升起了温暖:"倘若是一对好人聚在一起,戈壁沙漠自然成了花园,谁又会来生你的气啊?"老年人年轻了二十岁,年轻人心中洋溢欢乐。①

他让我们知道,无论民族、地域、国家如何不同,人们对爱情的向往都是一样的。而李文秀对苏普的爱也是单相思,虽然苏普只是一个普通人,而她是武功高手,甚至是第一。

献身神佛的不能对凡人动尘心,但是他们自己也是凡人,禁欲是违背人性、违背常理、违背科学的。金庸没有去写《十日谈》,他在《笑傲江湖》中塑造了一个坠入爱河的美丽、纯洁的小尼姑——仪琳,给我们展现了一段美丽、动人的单相思。

仪琳幽幽地道:"哑婆婆,我常跟你说,我日里想着令狐大哥,夜里想着令狐大哥,做梦也总是做着他。我想到他为了救我,全不顾自己性命;想到他受伤之后,我抱了他奔逃;想到他跟我说笑,要我说故事给他听;想到在衡山县那个甚么群玉院中,我……我……跟他睡在一张床上,盖了同一条被子。哑婆婆,我明知你听不见,因此跟你说这些话也不害臊。我要是不说,整天憋在心里,可真要发疯了。我跟你说一会话,轻轻叫着令狐大哥的名字,心里就有几天舒

---

① 金庸:《雪山飞狐·白马啸西风》,生活·读书·新知三联书店1994年版,第309—310页。

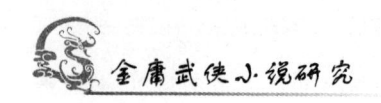

服。"她顿了一顿,轻轻叫道:"令狐大哥,令狐大哥!"①
……

金庸写单相思为什么写得这么好呢?

我们在后面会有专门的论述。

金庸这个"写情圣手"的笔触绝不仅限于男女情爱,因为人类的感情也绝不限于男女情爱。

《碧血剑》写袁承志到盛京刺杀皇太极因为玉真子的阻挠被捕,皇太极叫被逼投降满清、曾为袁崇焕手下第一大将的祖大寿劝降袁承志。

祖大寿站起身来,转头瞧着他。袁承志见他剃了额前头发,拖根辫子,头发已然花白,容色憔悴,全无统兵大将的半分英气,喝道:"祖大寿,你还有脸见我吗?你死了之后,有脸去见我爹爹吗?"

祖大寿在阶下时已听到皇太极和袁承志对答的后半截话,突然眼泪从双颊上流了下来,颤声道:"袁公子,你……长得这么大了,你……三岁的时候,我……我抱过你的。"袁承志怒道:"呸,给你这汉奸抱过,算我倒霉。"祖大寿全身一颤,张开双臂,踏上两步,似乎又想去抱他,但终于停步,张嘴要待说话,声音却哑了,只"啊,啊,啊"几声。②

---

① 金庸:《笑傲江湖》(四),生活·读书·新知三联书店1994年版,第1455—1456页。

② 金庸:《碧血剑》(下),生活·读书·新知三联书店1994年版,第479页。

第三章　引人入胜的情节

两段文字，虽然前一段有《汉书·苏武传》的影子，但仍然是写得很好，把祖大寿当时极其复杂的心情充分刻画了出来。男人对男人，女人对女人，除了血缘关系也有爱，这里说的不是今天讲的同性恋的爱。祖大寿对一起出生入死的袁崇焕的爱，对惨死的袁崇焕的遗孤——袁承志的爱，对自己投敌的惭愧，对自己无奈投敌的悲愤，金庸都很好地表现了出来。

其实，与其说金庸非常了解人的感情，不如说他有非常丰富、细腻的感情。

胡斐抬头望了一眼头顶的星星，心想再来一场激战，自己杀得三四名敌人，星星啊，月亮啊，花啊，田野啊，那便永别了。①

陈家洛微微一笑，说道："小鹿一定饿啦，你给它甚么吃的？"那少女道："不错，不错！"从皮袋里倒了些马奶在掌，让小鹿舐吃。她手掌白中透红，就像一只小小的羊脂白玉碗中盛了马奶。小鹿吃了几口，咩咩的叫几声。少女道："它是在叫妈妈呀！"②

拿今天的话说，金庸很有爱心。

易三娘除下包头的粗布，抹了抹汗，又伸手过去替张无忌抹汗，说道："乖孩子，累了么？"张无忌初时有些不好意思，但听她言语之中颇蓄深情，不像是故意做作，不禁望了

---

① 金庸：《飞狐外传》（下），生活·读书·新知三联书店1994年版，第721页。
② 金庸：《书剑恩仇录》（下），生活·读书·新知三联书店1994年版，第509页。

她一眼。只见她泪水在眼眶中转来转去,知她是念及自己被谢逊所杀了的那个孩子,但见她情致缠绵的凝视自己,似乎盼望自己答话,不由得心下不忍,便道:"妈,我不累。你老人家累了。"他一声"妈"叫出口,想起自己母亲,不禁伤感。易三娘听他叫了一声"妈",泪水忍不住流了下来,假意用包头巾擦汗,擦的却是泪水。

杜百当站起身来,挑了担柴,左手一挥,便走出了山亭,他虽听不见两人的对答,也知老妻触景生情,怀念起了亡儿,说不定露出破绽,给那两个僧人瞧破了机关。

张无忌走将过去,在易三娘柴担上取下两捆干柴,放在自己柴担之上,道:"妈,咱们走罢。"易三娘见他如此体贴,心想:"我那孩子今日若在世上,比这少年年纪大得多了,我孙儿也抱了几个啦。"一时怔怔的不能移步,眼见张无忌挑担走出山亭,这才跟着走出,心情激动之下,脚下不禁有些蹒跚。张无忌回过身来,伸手相扶,心想:"要是我妈妈此刻尚在人世,我能这么扶她一把……"[①]

这里写的是易三娘对亡儿、张无忌对亡母的思念之情,把人世间最重的感情之一——母子之情,写得让人打湿了衣襟。

他回头向石破天瞧了一眼,心中突然涌起感激之情:"这孩儿虽然不肖,胡作非为,其实我爱他胜过自己性命。若有人要伤害于他,我宁可性命不要,也要护他周全。今日

[①] 金庸:《倚天屠龙记》(四),生活·读书·新知三联书店1994年版,第1385—1386页。

第三章 引人入胜的情节

咱们父子团聚,老天菩萨,待我石清实是恩重。"双膝一曲,也磕下头去。①

金庸在《侠客行》的后记中写道:"一九七五年冬天,在《明报月刊》十周年的纪念稿《明月十年共此时》中,我曾引过石清在庙中向佛像祷祝的一段话。此番重校旧稿,眼泪又滴湿了这段文字。"这是在写父子之情。

《射雕英雄传》写郭靖和拖雷的结义兄弟之情也写得很好。写郭靖叛出蒙古,成吉思汗派出千军万马来抓他,哲别和拖雷却放他逃走,很感人。类似的情节在最后一部小说《鹿鼎记》中也有,赵良栋、王进宝、孙思克冒砍头的风险放走韦小宝,这种朋友情想想也是让人感动的。《鹿鼎记》的主角韦小宝是个流氓,他没有爱情好写;要说爱情,那里面就只有老菜农(百胜刀王、美刀王胡逸之)对陈圆圆的单相思了。但韦小宝和母亲的感情,和康熙帝、陈近南的感情,笔墨虽然不多,却很感人。就算前面提到的韦小宝心中的姓"龟"的一家,到皇宫中刺杀皇帝,在慈宁宫前受韦小宝愚弄,认定前面一行人中的两乘轿子中就是皇帝和太后,在动手前,"两人齐向儿子瞧去,脸上露出温柔的神色"②。写出两个大高手,虽然见事不明,还有点蛮横,但对孩子的爱和常人没有一点区别。

当然,是人就有缺陷,金庸虽被人称为"写情圣手",但是写感情也有失真的地方。比如同样是前面的《书剑恩仇录》,周仲英杀子这事,据说是由原来的故意改成了后来的误杀。但是这

---

① 金庸:《侠客行》(上),生活·读书·新知三联书店1994年版,第376页。
② 金庸:《鹿鼎记》(五),生活·读书·新知三联书店1994年版,第1656页。

个修改仍然不够，因为如果是现实生活中真发生了这样的事情，还不要说他老年得这么一个独子，就是有很多儿子，都会是一生的伤痛，而在书中根本看不出来。还有，读者普遍觉得郭靖这个人物比较假，这是有道理的。我们暂且不说《射雕英雄传》，就说《神雕侠侣》结尾部分，郭襄眼看就要被大火烧死，郭靖已经冲到距离百米的地方，发现蒙古军发兵去攻襄阳城，他毫不迟疑地放弃女儿，回身去救襄阳。这固然是"为国为民，侠之大者"，但根本不符合人之常情。而金庸这里的描写居然还有黄药师也和女婿一样，毫不迟疑地放弃外孙女去救襄阳，这还是"东邪"吗？这也是"为国为民"的"侠之大者"了。

金庸说过："我写小说，除了布局、史实的研究与描写之外，主要是纯感情性的，与理智的分析没有多大关系。因为我从来不想在哪一部小说中，故意表现怎么样一个主题。如果读者觉得其中有什么主题，那是不知不觉间自然形成的。相信读者自己所作的结论，互相间也不太相同。从《书剑恩仇录》到《鹿鼎记》，这十几部小说中，我感到关切的只是人物与感情。"[①]

[①] 《金庸散文集·韦小宝这小家伙》，作家出版社2006年版，第254页。

第四章　鲜明的人物形象

塑造人物形象是小说创作的中心，传统小说尤其如此。随着时间的推移，人们也许忘记了曲折离奇的情节，却忘不了鲜活的人物形象以及构成人物形象的生动细节。金庸小说正是靠众多栩栩如生的人物形象给人们留下了深刻记忆。金庸笔下人物上千，各有各的身世，各有各的遭遇，各有各的结局，各有各的性格特征。他刻画的这些人物构成了他笔下的武侠世界。

第一节　正面人物

金庸虽说出手不凡，但头两部作品——《书剑恩仇录》和《碧血剑》的人物刻画确实还不行，给人的印象是主人公的面部是模糊的，看不清楚，好像也没有哪个配角塑造得特别成功。

从他的第三部作品，也就是他的成名作——《射雕英雄传》开始，他书中的人物开始栩栩如生、活灵活现。这句话也可以反过来说，他的第三部作品——《射雕英雄传》的人物栩栩如生、活灵活现，使得"金庸"一举成名。

庄子说，这个世界上没有绝对的是非善恶标准，这是对的，但是对于我们这些普通人，尤其是对于我们今天的中国人，应该做的是分清是非善恶，而不是相反；不应该津津乐道于我们中国人传统的一而二、二而一，而是应该像西方人那样，一就是一，二就是二，学习他们认真、严谨的精神。讲金庸小说的人物形象，我们先来讲一下正面人物。

要说金庸笔下的正面人物，那第一个让人想起的肯定是萧峰。他是金庸小说中形象最光辉的英雄。《天龙八部》是金庸艺术成就最高的一部小说，也是金庸人物形象塑造得最多、最成功的一部小说。

《天龙八部》

萧　峰

说萧峰形象最光辉，绝非仅仅是今天的人说的长得好，而且按今天大陆流行的对男性的畸形的阴柔美的审美标准，我们前面引用过的金庸给他的外形描述也不可能美。这是一个顶天立地的男人的形象。他天生神勇、肝胆照人、胸怀博大、机智果断；他酒量如海，曾和段誉对饮四十余碗烈酒不醉。最后自尽于雁门关前。

他和郭靖不同，武功天分极高，处世有天生的领袖气概。喜欢大碗喝酒、大块吃肉、大声说笑，不拘形迹，非常让人倾倒。无论是儒雅的段誉、憨厚的虚竹，还是凶猛的完颜阿骨打、沉稳的耶律洪基，都爱和他结交，更不要说精灵古怪的阿朱爱他爱得死来活去，蛇蝎女人阿康为他掀起武林的血雨腥风，刁钻邪恶的阿紫为他毫不犹豫地跳下悬崖。但在孝、悌、忠、信、礼、义、廉、耻上，他和郭靖毫无二致。尽管他的结局是自杀，但对他的光辉毫无影响。

段　誉

段誉绝对是个正面人物，因为他宅心仁厚、一心向善，但不见得称得上英雄，最起码不是传统意义上的英雄。段誉第一次出场的行为和语言就与人们对武侠小说的预期以及金庸自己以往的小说形成落差，从而造成读者的快乐①。在书的第一回，大理无量山剑湖宫无量剑东宗、西宗比武，东宗的剑客一趔趄，旁观的段誉发出嗤笑。剑客赢了后来找他麻烦，他谈笑自若。读者读到这里满以为他是个高手，谁知道看到剑客一伸手就给了他一耳光，自己都打愣了，又以为他是个傻瓜。可读下去发觉又不是。起起伏伏的，但越读下去越发现他可爱、可亲。这一点金庸始终贯彻在对这个人物的塑造过程中，始终给予读者快乐，令读者觉得这个形象非常可亲，并且可能由此定下了《天龙八部》整部书的基调，让读者读来轻松、愉快。比如，段誉对"神仙姊姊"那是崇拜得五体投地，可是执行"神仙姊姊"的要求，由于不符合自己的标准，他就七折八扣，而且总能找到理由，从而形成落差，造成我们的快乐。

他儒雅、随和，似乎谁都可以欺负他一下，小事情他也不跟别人计较，让别人去占上风，可关系到大节，书生脾气就来了，宁折不弯，是大多数人都办不到的。他极富爱心，爱草木虫鱼、飞禽走兽、自然风光、美丽人群、贫困弱小。他文弱，却有绝世武功，又正直、善良，是金庸小说中最令读者感到亲近的人物。

---

① 参见车文博主编《弗洛伊德文集》第二卷"诙谐及其与潜意识的关系"，长春出版社1998年版。

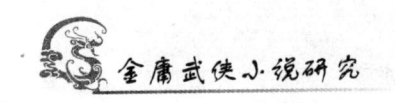

虚 竹

少林寺方丈玄慈和"天下第二恶人"叶二娘的私生子。自幼出家少林。他长相难看、木讷、诚实、仁慈、刚毅、一心向佛，但第一次下山就被迫犯了荤戒、杀戒，继而又主动犯了色戒、酒戒。数逢奇遇，练就绝顶武功，可又被赶出少林。最后成了西夏国驸马兼灵鹫宫主人。也许有读者认为像虚竹这样的形象称不上英雄，可乌老大他们要杀小女孩（当时不知道就是天山童姥）时，还有萧峰在少林寺遭到天下人围攻时他都挺身而出，这样的人如果称不上英雄，那就不知道还有谁称得上英雄了。

金庸塑造虚竹这个人物的方法和塑造段誉的差不多，也是采用先抑后扬的手法。出场时先是傻傻的、呆呆的，没什么本事，可越到后来本事越大，人格魅力也越吸引读者。

很多读者认为虚竹的运气特别好，可是就像前面说金庸的《明报》当初为什么能够突然大放异彩，让销量大幅飙升，是恰逢1962年20万饥民逃港大潮这个机遇，但这个机遇是摆在所有香港人面前的，为什么偏偏金庸抓住了？虚竹如果没有救段延庆，不可能破珍珑棋局；如果没有救天山童姥，不可能练成绝世武功。所以，成就他的主要是善心，而不是运气。

段正明

大理国保定帝，仁慈，精擅"一阳指"。深明大义，知道段誉是延庆太子的儿子还是把皇位传给了他。

遵循祖先的传统，避位做了和尚。

段正淳

段正明的亲弟，镇南王。生性风流，处处留情，和每一个女

第四章 鲜明的人物形象

人在一起都是真爱。妻子、情妇为他打打杀杀，最后和她们同死在慕容复剑下，正所谓死得其所。

他淫人妻女，别人也淫他的妻女，这一点金庸用了旧小说的老套，当然，也反映的是佛家思想。金庸还由此设计了这部小说的一个抓住读者的点，那就是段誉相好的，尤其是好不容易追求到手的王语嫣都成了他的亲妹妹。当然，最后金庸让这个报应更进了一步，段正淳的儿子，皇位的继承人——段誉，却是段延庆的儿子，从而也解决了前面的这个难点。

刀白凤

段正淳的王妃，长相如"白衣观音"。深恨丈夫滥情，委身满身脓血的段延庆。

王语嫣

李秋水的外孙女，段正淳的私生女。长得极美，是段誉心中的"神仙姊姊"。天真、善良，武学知识渊博。深爱表哥慕容复，却被他推下枯井，送入段誉的怀抱。

被金庸描写得貌若天仙，可生活中如果真有这样的人，想来是既不可爱也不可亲的。

木婉清

段正淳的私生女。美丽、泼辣、可爱、不谙世事。情郎段誉成了亲哥，痛苦又割舍不下，还去帮他相亲，好让他也遂不了心愿。真相大白后，得陪伴左右。

阿 朱

段正淳的私生女，但没有和段誉相好。天生的表演大师，装谁像谁。和萧峰相爱，为了救他丧身他的掌底，展现给我们一个撕心裂肺的爱。

阿 碧

慕容复的丫鬟。温柔、体贴，典型的江南少女。仰慕慕容复，但身份不配，只有等他发疯以后才得以长伴左右。

包不同

慕容复的部曲。凡事都要发表不同意见，都要和别人抬杠，貌似非常讨厌。西夏国公主提问时才知道他小时候在瓷器店当学徒受尽欺侮，有一天造反把瓷器店砸了，引为平生第一快事，原来他执拗的脾气由此而来。其实非常聪明、正直、明大义，当慕容复准备"曲线救国"拜段延庆做干爹时，他舍身劝阻。

风波恶

慕容复的部曲。正直、善良，酷爱打架，只求有架打，打得精彩，不管输赢、生死。

玄 慈

少林寺方丈，武功高强，有担当，慕容博装死避责，他就独自承担了责任。在天下英雄前被揭出陈年丑事，心智不乱，甘受责罚，然后自裁以谢武林，实是刚勇过人。

《射雕英雄传》《神雕侠侣》

郭 靖

前面我们就说过，郭靖可能是金庸笔下最假的一个英雄。不是说天资似乎这么蠢笨的一个人不可能成就日后这样的业绩。这一点金庸写得是成功的。金庸笔下的郭靖，小时候虽然似乎呆一点，但显示出来的根器绝非常人可比。说他假是因为他太完美了，按照儒家的标准，他是一个完美的人。

面对欧阳锋的神功，他从不畏惧，沉着、清醒，明白地说

"终有一天会胜过你",事实也证明了这一点;面对城破后十几万即将被宰杀的敌方的民众,面对成吉思汗的天威,他毫不退缩,不仅冒死,而且是在可能失去爱情的情况下拯救了这些待宰的羔羊;面对蒙古铁骑,为了祖国,为了襄阳的百姓,他几十年呕心沥血死守襄阳。他天分不高,但坚韧、倔强、正直、勇敢,不欺下,不媚上。对母亲、师父重孝,对杨康是悌,对祖国尽忠,对百姓承诺守信,对人有礼,对朋友讲义,对财物懂廉,对事知耻。

可是孔子说过:"人非圣贤,孰能无过?"

黄 蓉

黄药师的女儿,日后的丐帮帮主。美丽、机灵,家学深厚。在"压鬼岛"上让欧阳锋吃了尿淋的羊肉还夸她烹饪手艺高。这个形象金庸塑造得比郭靖成功得多。说成功主要是这个形象要真实丰满得多,尤其是到了《神雕侠侣》中,在《射雕英雄传》中理想化色彩比较重。

一灯大师(段皇爷)

南帝。身为皇帝时,自己的妃子怀了别人的孩子,并不责罚她;后来没有损耗自己的功力救这个孩子,还一直愧疚,这在凡人中就是很好的人了。虽然没有能力点化慈恩(裘千仞),但一直努力去做,这就是菩萨心肠了。

洪七公

北丐。贪吃、可爱。也有一点儿假,或者说可怕,因为《射雕英雄传》结尾处在华山之巅,裘千仞质问大家谁没有杀过好人,他站出来大义凛然地说,他杀死的几百号人没一个不是奸恶之徒,逼退了裘千仞。只要是人,就一定有缺陷,到今天这应该是人们的一个共识。我们的古人早就知道"人无完人",还知道

"人命关天"。他杀死的几百号人没有一个不是奸恶之徒这有可能，但他如此肯定，如此大义凛然却不能不让人害怕，因为毕竟人命关天。虽然是武侠小说，虽然必须写打打杀杀，但说一个杀人不眨眼的人会是好人，那是不可能的。所以说像任盈盈那样的人可爱，也是不可能的。

周伯通

全真教教主王重阳的师弟，人称"老顽童"。聪明、天真烂漫、不知轻重。好武成癖，发明了"双手互搏"和"空明拳"。得意事情是在海中骑过鲨鱼。

这样的人在生活中是真有的。因为没有心机，所以自己过得很爽，至于旁边的人，即使被他害死，他也不知道是自己的责任。

丘处机

"全真七子"之一，号"长春子"，热血，行侠仗义。历史上实有的人物，在金庸小说中被抬高的有皇太极、康熙帝，被贬低的有丘处机。丘处机在历史上鼎鼎大名，而在金庸笔下只是一个二流角色。

马 钰

"全真七子"之首，生性淡泊、谦和，名声反不如丘处机响亮。丘处机与江南七怪打赌，本着抑己从人的原则，马钰反而暗中相助七怪，传授郭靖道家正宗内功、轻功。号"丹阳子"。

李 萍

郭靖的母亲。朴实、勤劳、善良，千辛万苦生养郭靖，教导他踏踏实实做人。最后为了祖国、为了儿子自杀在成吉思汗营中。

柯镇恶

"江南七怪"之首，眼睛被"黑风双煞"弄瞎。他粗俗、好赌、正直、疾恶如仇，武功不高，但不畏强暴，长相凶恶，但心地善良。

朱　聪

"江南七怪"中的老二，一个邋遢书生。机智、心思缜密，有妙手空空的神技。五怪惨遭杀害时以此技留下了线索。

南希仁

"江南七怪"中的老四。沉毅、木讷，见事明白，当初七怪初遇郭靖，见资质鲁钝均感丧气，只有他认为其是可造之材。

穆念慈

杨铁心的义女，洪七公曾教过她三天武功。红颜薄命，比武招亲爱上了杨康，又不肯同流合污，只有痛苦。但生下大侠杨过。

包惜弱

杨康的母亲，长相好，善良，但见事不明，害得郭、杨两家家破人亡。不贪恋富贵，不忘本，最终得与丈夫死在一起。

杨　过

杨康、穆念慈之子。因父亲之故历经苦难。性格偏激，天资聪颖，一腔热血，被郭芙砍掉一条胳膊，自己练成一身武功。苦等一十六年，终得和小龙女隐居活死人墓。

一生为情所困，困在用情太深。尽管后来得和心上人长相厮守，但那不是书中的范围。害了自己的同时，还害了好些可爱的姑娘。但他壮怀激烈，像一团火，走到哪里就烧到哪里，总是轰轰烈烈，盖过了旁人。他有天生的英雄气概，当他认定郭靖是杀父仇人决定除去的时候，发现郭靖一次次冒死救他，他马上决定先报恩后报仇。他明白大义之所在，在自己痛苦万分的同时，时刻以除恶扬善、扶危济困为己任。这个人，大喜、大悲、大苦，

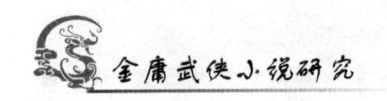

是金庸小说中最感人的英雄。

有人说他心胸狭隘，那是误解。小时候在桃花岛，武修文、武敦儒和郭芙欺负他，如果是别的小孩，一定就忍了。所谓"在人屋檐下，不得不低头"，这也是普通人的天性。但杨过不，因为他远比一般人聪明，知道这件事的实质，知道这不是普通的小孩子欺负人这么简单。知道武氏兄弟虽然也是寄居桃花岛，但是人家还有父亲，他们欺负他正是因为他是个无父无母的孤儿。他们欺负他是因为郭芙站在他们一边，而郭芙身后站着黄蓉。他们虽然还是小孩，但知道虽然郭靖护着杨过，可家里管事的是黄蓉。杨过正是知道这件事的实质，所以他不能忍受，他要反抗，打不过也要打，以至于最后使出了欧阳锋教他的蛤蟆功，不容于桃花岛。如果是别的小孩，一定就忍了。被欺负着长大，不要说成不了日后的杨过，连武氏兄弟的成就可能都达不到，或者就成为霍都那样的人。

小龙女

古墓派传人，杨过的师父、心上人。有绝世之姿，心静如水。

和王语嫣一样是金庸小说中最美的女性形象之一，如果生活中真有其人——骄傲、冷漠，想来也同样是毫不可爱。

瑛　姑

姓刘名瑛，段皇爷的妃子。后与周伯通私通生下一子。裘千仞为第二次华山论剑少一劲敌，打伤她幼子，想让段皇爷救治损伤功力；而段皇爷因爱刘瑛，虽不追究她的私通，但不愿救她的私生子。她一夜白发，离开皇宫。处心积虑找二人报仇，更想找到情人周伯通。费尽心机几十年，终不成功。老了后，在杨过的撮合下，她原谅了裘千仞，与一灯大师、周伯通一人一房同居百

第四章 鲜明的人物形象

花谷。

郭襄

郭靖的次女。貌端、聪慧、通达、识见不凡,爱上杨过,最后只能出家为尼,成为峨眉派创派祖师,开启《倚天屠龙记》。

是金庸塑造的非常让人欣赏、喜欢的一个少女形象。

《倚天屠龙记》

张三丰

武当派创派祖师,在武术上学究天人,得享遐龄。思想通达,外表随随便便、邋邋遢遢。

俞莲舟

张三丰的二徒弟。武功超卓,外冷内热,对张翠山一家百般呵护。

张翠山

张三丰的五徒弟,因和"魔教妖女"相好,在武当山上、天下英雄前自刎。

张无忌

张翠山的儿子。金庸在《倚天屠龙记》后记中说张无忌这个人物很容易受别人影响,比较缺乏英雄气概。笔者倒认为他是一个天生的英雄。他不像杨过,杨过是一个可正可邪的人物,可以成英雄,也可以成奸雄。张无忌是天生的菩萨心肠,金庸呈现出来的作品让我们相信他绝对不会成为坏人。他处理事情,尤其是对待女人,有点儿优柔寡断,但相比之下,这是小节。

在光明顶面对即将被屠杀的明教教众,面对当年参与逼死他父母的众多正教人物,他选择挺身而出,选择原谅,金庸这样写是可信的，反映了金庸对人生理解的高度。

小 昭

波斯总教圣处女黛绮丝——"紫衫龙王"犯规所生，容颜美丽，聪颖，方当韶龄。本来为母亲潜伏光明顶意图盗取"乾坤大挪移心法"赎罪，却爱上了张无忌。后来为救心上人当了总教教主，永离所爱。

是金庸塑造的最能打动中国男性读者的女性形象之一。

冷 谦

明教五散人之一。不爱说话，绝不多说一个字，所以从不说假话。

周 颠

明教五散人之一。心直口快，滑稽，明白事理，识得大体。

韩林儿

明教教众，起义军领袖韩山童之子，对周芷若奉若神灵。

空 性

少林寺和尚，天性淳朴，龙爪手刚猛无双。和张无忌不打不相识，惺惺相惜。后来死于奸人之手。

《笑傲江湖》

令狐冲

金庸笔下最随便的英雄。他看着随便，实际也随便，但有一点也和张无忌很像，是天生的英雄。只是张无忌身上体现的是佛家思想，而他身上体现的是道家思想。他生性随和却又疾恶如仇，率性而为同时机变百出。见不惯装腔作势之徒，总要让他们吃点儿苦头。作为"情种"这一点，又和杨过很像，到处去惹得

第四章 鲜明的人物形象

人家小姑娘喜欢他，他又只喜欢一个，自己也尝够了苦头。

他不拘一格，心中没有强设的是非善恶标准，所以很容易接近真理。他也有苦恼、失落，就用酒去忘却。在"正人君子"眼中他是个浪子，但他不畏强暴，不趋炎附势，清高自爱，乐于助人，不避生死，有一腔热血，在充满伪君子的世界上是个卓立不凡的奇男子。

方证大师

少林寺方丈，慈悲为怀，挂念天下苍生，没有门户之见。

冲虚道长

武当派掌门，心地仁善，心思缜密，正教第二高手。

仪　琳

不戒和尚的女儿。天生丽质，娇羞，偏生当了尼姑。不求回报地爱令狐冲。是金庸小说中最纯洁可爱的女性形象之一。

莫大先生

衡山派掌门，出身贫寒，爱拉胡琴，琴中藏剑。滑稽、玩世，深通世情。

蓝凤凰

苗族，五毒教教主。漂亮、娇媚、淳朴，直言直语，擅使毒物，把义气看得比生命还重。

《鹿鼎记》

韦小宝

出身扬州妓院。无知、无耻、无畏、贪婪、好色、好赌、机灵、果敢、豪爽、重义，有这些品质集于一身，混迹江湖、皇宫、官场，自然是无往不利。内心空虚，要靠说书、唱戏、赌博、美女来填补。

笔者认为他的原型是曹雪芹的爷爷曹寅。

后人考证,《红楼梦》作者曹雪芹之祖父曹寅,原为御前侍卫,曾为韦小宝的部属,后被康熙派为苏州织造,又任江宁织造,命其长驻江南繁华之地,就近寻访韦小宝云。①

康熙帝

睿智、爱民,文韬武略均属上乘。少时除鳌拜,成年灭吴三桂,平台湾、西藏、蒙古,与罗刹国签订城下之盟。

双 儿

庄家送给韦小宝的丫鬟。好看、乖巧、忠心,是韦小宝的防身利器,后来成了他的小老婆。非常喜欢双儿的男性读者多半都有点儿大男子主义思想,因为金庸塑造的这个形象就是男性的依附、男性的工具,可能反映出来金庸自己多少也有点儿这样的思想。

澄 观

少林寺般若堂首座。精于武学却不通世事,被韦小宝糊弄一通,以为其玄机精深。是金庸塑造的一个非常可爱的老和尚形象。

《雪山飞狐》《飞狐外传》
苗人凤

对付女人木头木脑,但并非真的木头木脑,否则成不了武功

---

① 金庸:《鹿鼎记》(五),生活·读书·新知三联书店1994年版,第1978—1979页。

高手。天生神勇、正直。好不容易碰到一个知己，被奸人利用通过自己的手害死。娶一个如花似玉的老婆，又被这个奸人拐跑。活在世上愁苦。

苗若兰

苗人凤的女儿。貌若天仙，文弱、善良，强敌来时却比"豪杰"们镇定得多。一言以定终生，很有古人遗风。

胡一刀

武功高强的虬髯大汉，外表凶恶，内里善良。虽说死得早，却是和心爱的人死在一起，很幸福。

胡 斐

胡一刀的儿子，天分极高。受人滴水之恩，总是涌泉相报。除恶务尽，把凤天南追得无处可逃。

袁紫衣

实是尼姑圆性。不守清规，跑到江湖乱闯，惹得胡斐相思，又不肯还俗。

程灵素

"药王"的关门弟子。相貌一般，聪明机智，毒功非凡，为救心爱的胡斐献出生命。

赵半山

"红花会"三当家的。笑眯眯的，很随和，武学精湛，擅发暗器，人送外号"千臂如来"。

《侠客行》

石破天

金庸故意安排的一个完全混沌的人，来破解侠客岛的秘密。

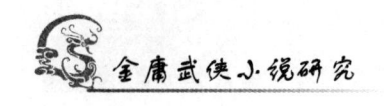

也是一个天生向善的英雄。

阿 绣

白自在的孙女。美貌、害羞、坚贞，爱上了傻傻的石破天。这个形象很可爱。

史婆婆

白自在的老婆，虽深爱丈夫却非要与其争个高低。

《连城诀》

狄 云

如果说石破天是个糊涂的英雄，那狄云就是金庸小说中苦命的英雄。同样是混沌的人，石破天老碰到好事儿，而他总是碰到倒霉事儿。当然，这是作者安排的。不过，对于凡人来说，父母是谁也不知道，自己是谁也不知道，"狗杂种"也好不到哪儿去。所以，都是苦命人。

丁 典

武功盖世却宁愿坐牢，因为心爱的人在对面楼上。

《白马啸西风》

李文秀

苦命人还多，这个也是。金庸编成对联的十四部作品中唯一一个是女性而为主角的，美丽却孤独。眼看心上人爱上别人，本事再大也只有独自伤心，何况当初就是自己让的。

第二节 反面人物

有正面人物自然就有反面人物，或者说没有了反面人物也就没有正面人物。其实笔者在决定把金庸笔下这些众多的人物到底哪些划入正面人物，哪些归入反面人物很是踌躇，费了些周章的。因为金庸小说中的绝大多数人物也和生活中的真人一样，其实算作中间人物是最恰当的，当然这也正是他的成功之处。没有谁生来就是坏人，也没有谁生来就是好人。人的天性中有善的一面，也有恶的一面。正如我们前面说的，人无完人，真实生活中的圣人、圣徒也一定有他们的缺点，再十恶不赦的大坏蛋也一定有他的优点。正如金庸的武侠世界总有正邪之分，我们人类的世界也一直存在着正义和邪恶的较量，而且估计这种较量也只有在世界末日之后才会完结。所以也总是存在着正义和邪恶的对立两方。所以我们把金庸小说的人物分为正面人物、反面人物是有道理的，而且也必须这样分，而且这样也便于分析。

至于如何区分，我们可能只能从人心来，从人的目的来着手。如果一个人总是计划害人，而且付诸实施，这肯定是坏人。

自然，反面人物我们也从他写得最好的《天龙八部》来开始。

《天龙八部》
慕容复

南北朝时燕国皇族的后裔，整天梦想兴复"大燕"。自私、自命不凡、利欲熏心，为了达到的目的竟然可以先把深爱自己的表妹推入枯井，继而要认"天下第一大恶人"作爹，再下来又杀死自己的舅妈和忠心耿耿的部曲。最后成了白痴。

这个形象的塑造金庸采用了和塑造段誉、虚竹相反的方法——先扬后抑。未见其人，先闻其声——"北乔峰，南慕容"，通过崔百泉和黄眉僧的叙述让我们知道了神奇的"以彼之道，还施彼身"。

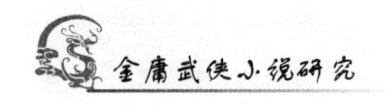

后来通过段誉被擒到燕子坞，让我们看到他家的丫鬟、建筑、饮食，心里不免猜想那主人必定是神仙般的人物。刚出场，也没让读者失望，一个翩翩佳公子。可是越往下越不对头，简直是一坨不齿于人类的臭狗屎。

这个人物形象是成立的，正如现实生活中的人一样，功利心太强是导致他完蛋的根本原因。

段延庆

大理国延庆太子。遭遇不幸，愤世嫉俗，成为"天下第一大恶人"，号称"恶贯满盈"。虽然差不多像具僵尸，但得刀白凤垂爱，生下来的段誉得登大宝。

叶二娘

"天下第二大恶人"，号称"无恶不作"。每天要弄一个男婴来玩耍，晚上整死。原来她年轻时受人指使诱惑少林寺方丈玄慈，后产生爱情，可生下的男孩被人盗走。终于找到儿子的那一天，和玄慈双双自杀于亲儿子和天下英雄面前。

南海鳄神

"天下第三大恶人"，号称"凶神恶煞"。一心想争第二的名位，可又打不过叶二娘。大头、阔嘴、小眼、粗身、细腿，长得极不妥当。凶狠却又很讲信用，被段誉骗成徒弟也不耍赖，最终为解救段誉性命丧身段延庆杖底。

鸠摩智

吐蕃国师。武功高强，贪、嗔、痴俱全，犯下种种恶行。偷练少林七十二绝技和《易筋经》走火入魔，幸亏在枯井中被段誉吸去内力才保得性命，也因此顿悟而成一代高僧。

金庸塑造这个形象采用了和塑造慕容复一样的写作手法——

第四章 鲜明的人物形象

欲抑先扬。还未出场，通过保定帝的心理活动让我们知道了他的鼎鼎大名。等到正式出场，更是天神般的风范。可是随着情节的展开，我们越看越不对，明明是一个地道的"伪高僧"。

鸠摩智和金庸小说中的很多人物一样，是历史上实有的，当然人家是真正的高僧，而非"伪高僧"。慕容家的燕国在历史上是有的，但到北宋还妄图复国的慕容家就应该纯粹是金庸杜撰的了。

丁春秋

逍遥派的逆徒，人称"星宿老怪"。鹤发童颜，飘飘然有出尘之态，实则无耻至极。收罗的门人不会吹牛拍马就活不成。最后被虚竹种下"生死符"幽禁少林寺。

丁春秋非常喜欢别人对他谀辞如潮，这已经开启了后面东方不败、任我行、洪安通的先河。而且"丁春秋"这个名字也很古怪，很容易让人联想到后面的"千秋万代，一统江湖"，所以有故意之嫌。

阿 紫

段正淳的私生女。从小失落，随"星宿老怪"长大，养成残忍、狠毒的性格。痴恋萧峰。萧峰自尽后，她为了不欠游坦之的，把他赠予的双眼挖出，然后抱着萧峰跳下悬崖，完成心愿。

游坦之

聚贤庄少庄主。身世不幸，但不学好。仰慕阿紫，却被她百般折磨，弄成"铁头人"，但也因此成就了一身惊人武功。阿紫还是瞧不起他，尽管他献出了双眼给她；他痴心不改，跟着阿紫跳下了悬崖。

游坦之是反面人物，但在"情痴"这一点上，倒是和段誉一致。

耶律洪基

辽国皇帝。曾和萧峰结为兄弟,有丈夫气概。但由于权势和贪欲的诱惑,最终只是个庸俗的人。

小　康

丐帮马副帮主之妻,也是段正淳的情妇。面若桃花,心如蛇蝎。出身贫寒,贪欲极强。害惨萧峰,仅仅因为身为丐帮领袖、男人中魁首的萧(乔)峰在牡丹花会上没有正眼看她一下。最后被阿紫破相而死。

金庸塑造小康这个形象非常成功,她陷害萧峰的动机是成立的。这个形象的塑造说明金庸对女性心理了解入微。

全冠清

丐帮年轻的八袋长老。变诈美色、权势,工于心计。先把萧峰的身世揭露出来,后想通过游坦之来统领丐帮,到头一场空。

《射雕英雄传》《神雕侠侣》

欧阳锋

天下四大高手之一,号称"西毒"。狠毒、险刻,没有良知,所以与黄蓉斗法次次落败。但对亲子充满爱心,欧阳克死后还延伸到杨过身上。

欧阳克

欧阳锋与嫂子私通所生。风流好色,荒淫无耻,武功不错。爱上小黄蓉,送了一双腿;非礼穆念慈,一命归西天。

完颜洪烈

金国六王子。一心谋夺中原,可妻子先弃他而去,后儿子惨死面前,最终自己丧身大漠。

第四章　鲜明的人物形象

杨　康

杨过的父亲，郭靖的义弟。俊俏，天资聪颖，计谋深沉。生在金国王府，贪恋荣华富贵，以致长一副狼心狗肺，心狠手辣，后来惨死在"铁枪庙"。

他武功不高，但非常厉害。可是这个"厉害"没什么好，于人于己都只有害处。这就是我们前面讲的，关键在于他的出发点，是向善还是从恶。被他害得最惨的就是他的儿子——杨过。

侯通海

额头上长了三个肉瘤，自称"三头蛟"，完颜洪烈聘请的武师。"密室疗伤"一回中众人见到黄蓉扮的双头怪逃跑后，他用衣服兜来一包大粪破妖邪，以便在同伙中出人头地。后因助纣为虐，被全真教的人用铁链把他和沙通天、彭边虎串在一起禁闭。

灵智和尚

号称西藏密宗大高手，自称上人，也是完颜洪烈聘请的武师。颈后一块肥肉是练功缺陷，在海船上被欧阳锋、周伯通一把揪住，倒提起来，甩来甩去。

李莫愁

古墓派弃徒，因耐不住寂寞走出活死人墓。由爱生恨，变成毒辣的"赤练仙子"，最后死在情花丛中。

由爱生恨就去害别人，这一点她和小康是一样的。只要不妨碍别人，任何爱都是没有过错的。但打着爱的幌子去伤害别人，那是和真正的爱没有任何关系的。

金轮法王

蒙古国师。智计深沉、武艺高强，杨过武功弱时，他打不过杨过和小龙女的双剑合璧；杨过断了一条手臂后，他更敌不过杨

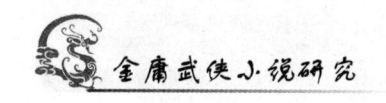

过的玄铁重剑；苦练成龙象功来找杨过雪耻，还是打不过。好容易使诡计占了上风要毙杨过于轮下，又被杨过的"黯然销魂掌"打下高台，再被身穿软猬甲的老顽童一抱一按，丧身火窟。

霍 都

金轮法王的三弟子，号称蒙古王子。傲慢、狠辣、狡猾。在杨过玄铁剑的重压下，他让师兄达尔巴独撑，叛师脱逃。混入丐帮，想当帮主，又被杨过识破，丧身达尔巴金刚杵下。

《倚天屠龙记》

成 昆

谢逊的师父。与前任明教教主夫人通奸，而他认为的却是自己的青梅竹马被别人横刀夺爱。处心积虑颠覆明教，妄图称霸武林。智谋深沉，手段狠辣，到头来一场空。

这个人物的塑造也是成功的，他和现实中的有些人一样，根本问题就在于心胸狭隘。其实生活中聪明的人非常多，可对人类有大贡献的很少，而有的人还很有害，这就是根器问题，前面讲郭靖的时候我们提过。

陈友谅

成昆在少林寺出家后收的俗家弟子，丐帮八袋长老。变诈百出，野心勃勃，是成昆阴谋的积极推行者。他不仅想称霸武林，还想当皇帝。

宋青书

宋远桥的儿子，本来是武当第三代的杰出人物，未来的掌门人。但色迷心窍，先杀师叔，后又欲害父亲和师祖。美人没得到，小命先送掉。

第四章　鲜明的人物形象

鲜于通

华山派掌门，鲜廉寡耻，武功不高，手段却黑。最后放出金蚕蛊毒来自己受。

《笑傲江湖》

岳不群

华山派掌门，人称"君子剑"，实则是个伪君子。为谋权力，花尽心思，竟然去当太监。

金庸会塑造这么一个人物肯定是感触太深。现实生活中这样的人太多，表面上道貌岸然，满嘴的仁义道德，实际上一肚皮的男盗女娼。这样的人还相当具有欺骗性，有时候连他自己都会相信自己是个好人。但碰到天敌——令狐冲这样的人，对方不来揭露他，他都会忍不住自我暴露。

东方不败

明教教主，人称天下第一高手，却是个不男不女的东西。

任我行

明教前任教主。豪放、狂妄，有胸襟、有抱负，武功惊人、计谋深沉。说东方不败当教主无耻，一天到晚要人家歌功颂德，自己脱困重当教主后更无耻，最后死在一片歌功颂德声中。

左冷禅

嵩山派掌门，也是个妄想称霸武林之人。苦心经营十几年，诡计百出，手段残忍，到头来替他人做嫁衣裳，自己成了瞎子。

余沧海

青城派掌门，行事卑鄙无耻，图谋林平之家的《辟邪剑谱》，滥杀无辜，也是替岳不群做嫁衣裳。最后还被林平之以"辟邪剑

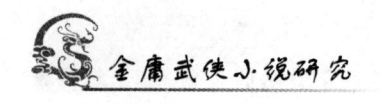

法"戏弄够了杀死。

林平之

岳不群的小徒弟,有血海深仇。是岳不群的衣钵传人,包括作太监。

杨莲亭

东方不败自宫后的相好,长相威猛,性格也刚强,就是去爱一个"太监",有点古怪。其实读者也知道为什么。

《鹿鼎记》

洪安通

神龙教教主。武功、智商极高。爱千娇百媚的夫人,可是练内功又不能有夫妻之实,于是倍加宠爱。最后众叛亲离,还得韦小宝送了一顶绿帽子。

李自成

大反贼、奸雄,威风凛凛。一生只对错杀李岩愧疚。

吴三桂

老谋深算却又优柔寡断,自私、无耻、自大,与李自成同是奸雄,却显得猥琐。

风际中

天地会青木堂韦小宝的属下。明明是个深沉、干练的人,却为了蝇头小利去当奸细。

《雪山飞狐》《飞狐外传》

田归农

表面英俊潇洒,实则利欲熏心、玩弄权谋,干了坏事怕苗人凤报复整天提心吊胆。

宝树和尚

一个丑怪、粗俗却又武功高强的"大师"，原来是当年欺下媚上、心胸狭窄的跌打医生阎基。

《连城诀》

凌退思

本来是个文武全才，可是财迷心窍，害丁典，害女儿，丧失人性。

花铁干

本来是正派大侠，可是被诱导出心中的魔鬼后，迅速展现出人性的阴暗面。

戚长发

装成个老实巴交的庄稼汉，却是江湖上有名的"铁索横江"。和凌退思一样，以己度人，自己的女儿都不相信。

万震山

财迷心窍杀害师父，干了坏事还得意扬扬。

第三节　中间人物

前面说了，金庸小说中绝大多数的人物和生活中的人一样，其实把他们称为介于正面和反面之间的中间人物更为恰当。每个人的心中都住着一个魔鬼和一个天使，每个人都可能向善，也可能从恶，这与环境有关，与经历有关，是非常复杂的，这也正是文学艺术作品津津乐道的。比如，《白马啸西风》中的"吕梁三杰"，号称"三杰"，前面做的还是镖师，可后面却做了祸害哈萨克人，让哈萨克人痛恨汉人的强盗，害得主人公——李文秀失去了一生的幸福。就是因为贪欲释放出了他们心中的魔鬼。再比如，前面把段延庆、叶二娘、南海鳄神划入反面人物，笔者是很犹豫的。

当然，位居"四大恶人"不划入反面人物，那谁该划入？可是就算"天下第一大恶人"的段延庆，一是他会变成这样可以说情有可原，二是最后他对段誉那是人性未灭。叶二娘就更让人同情，当然，有关小孩的这一点也更让人厌恶。而南海鳄神在有些地方就直接称得上可爱了。自然，这些都是金庸的有意为之，都是基于他对人性的理解和把握。

《天龙八部》

无崖子

几乎一切的学问、技巧都懂，都精，包括武术。和李秋水隐居大理无量山中，本应是神仙眷属，可潜意识中爱的是李秋水的妹妹，终于反目。授徒，被徒弟弄成残废，临死还要关门弟子去求李秋水。

李秋水

西夏国王太妃。一世都和师姐为无崖子争风吃醋，美丽的脸蛋被师姐划破。临死却发现无崖子爱的是自己的妹妹。

天山童姥

灵鹫宫老主人，无崖子、李秋水的师姐。争强好胜，幼时起练霸道功夫，8岁时就长不高。本来练功有成可发身长高，但要紧关头被李秋水一声断喝定成侏儒。因对无崖子的爱生出对男子的恨。对女部下似严实爱，对男下属则折磨得他们生不如死，最后自己也因此而亡。

赵钱孙

这本不是他姓名，因扑杀萧峰一家，吓得名字都忘了。平生恨事是师妹嫁给了别人。后来才知情敌得到师妹的秘诀仅是"打不还手"。

《射雕英雄传》《神雕侠侣》

黄药师

江南人，号称上知天文，下知地理，武功也是天下四大高手之一。贬周孔，非汤武，人称"东邪"。

梅超风

黄药师的女徒弟。和师兄相爱不敢禀明师尊，两人盗得"九阴真经"下部逃出桃花岛，蛮练功夫，出手伤人，得"黑风双煞"的外号。因皮肤黑、手辣，人称"铁尸"。丈夫被小郭靖误杀，自己双眼瞎在柯镇恶手上。后来武功越练越强，可遭遇越来越惨。最后扑在黄药师背上，替师父挨了西毒一掌。

裘千仞

铁掌帮帮主，人称"铁掌水上漂"。卖国求荣，虽武功高强，但内心惭愧。后拜"一灯"为师。心中魔念难除。多历魔劫，终得原谅。

裘千丈

裘千仞的孪生兄弟，长相一模一样，性情、武功却相差很远，为金人效力倒是一样。他打着兄弟的招牌招摇撞骗，四处煽风点火，最后摔死在铁掌峰下。

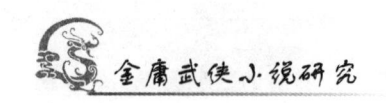

裘千尺

裘千仞的妹妹，绝情谷谷主夫人。管制丈夫，瞧不起他，让他生了反心，和丫鬟私通。生性险恶的她被更险恶的丈夫推入深洞，不死却成了瘫子，练成嘴吐枣核钉的绝技。被杨过救出却不领情。复仇的结果是家破人亡，和丈夫一起跌入深洞，摔得稀烂，再也不分彼此。

武三通

一灯大师的弟子。爱上了养女，拘于礼法只能深埋心中。养女出嫁，他狂性大发变成疯子，一天到晚把养女的花围涎挂在脖颈上。由于善心不泯，多年后神智得复。

达尔巴

金轮法王的二弟子。生性诚朴，听杨过鹦鹉学舌的藏语就认定杨过是他的大师兄转世，也因为这样没有横死。

郭　芙

郭靖、黄蓉的长女。貌好、刁蛮、无知，砍下杨过一条手臂。金庸最后写她明白自己恨杨过原来是因为自己爱他而他不爱自己，当然，这是有可能的。

《倚天屠龙记》

谢　逊

明教"金毛狮王"，一头黄发，高大、威猛，有胸怀，有担当，却陷于师父成昆的奸计，滥杀无辜，自己也瞎了双眼。后来被囚少林寺，在晨钟暮鼓中顿悟。

赵　敏

本名敏敏特穆尔，元朝郡主。美丽、机智、泼辣。奉父王命令率领江湖豪杰,极有谋略。深爱张无忌,为了他背叛家庭、民族、国家,最后得以陪伴情郎左右。

她独当一面时,叱咤风云,威风凛凛;但和张无忌相处又很重细节,还是一副小女儿的模样。

周芷若

峨眉派传人,灭绝师太指定的新掌门人。她一面文静、秀气、聪慧,一面阴险、毒辣,是个可怕的女人。

从一个善良、懂礼的女孩变成一个可怕的女魔头,金庸再一次向我们揭示不择手段追求目标的可怕。不过她和慕容复不一样,她是被灭绝师太逼的。但是,被谁逼的都要有基础。

> 周芷若骑在马上,跟随在张无忌之后,左顾右盼,觉得这番风光虽不及大都皇帝皇后"游皇城"的华丽辉煌,却也颇足快慰平生。[①]

虚荣心是人都有,但越少越好,越多越害人。

范　遥

明教光明右使,武林中的美男子。为挽救明教,自毁容貌,潜入汝阳王王府,扮十几年哑巴,人称"苦头陀"。

黛绮丝

小昭的母亲,波斯总教的前"圣处女"。美貌绝伦,兼之又为明教立了大功,众人推她为护教四大法王之首——"紫衫龙王"。为了爱情,以致不容于明教,不容于总教,化装易容成个

[①] 金庸:《倚天屠龙记》(四),生活·读书·新知三联书店1994年版,第1331页。

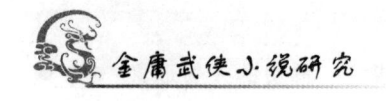

老太婆，江湖上称"金花婆婆"。

殷天正

张无忌的外公，明教的"白眉鹰王"。武功刚猛无俦，更兼智计超卓。明教内乱后愤而出走，自创"天鹰教"与名门正派抗衡十几年不垮。

韦一笑

明教的"青翼蝠王"，天生轻功好。因练功出岔，每运一次功要吸一个活人的血，人称"吸血蝙蝠"。后得张无忌治好。

胡青牛

明教教众，人称"蝶谷医仙"，他更喜欢人家叫他"见死不救"。和妻子是同门，因比试高低，弄得不和睦。一直自怨自艾，好不容易和解了，却双双被金花婆婆吊死在树上。

《笑傲江湖》

任盈盈

任我行的女儿，明教的"圣姑"，受江湖草莽拥戴。天下人都知道她爱令狐冲，她却不许人说。

虽然非常美貌，但是动辄杀人，可怕。

平一指

人称"杀人名医"，医术举世无双，但救一人却要杀一人。认为妻子面目可憎、言语无味，可又畏之如虎。

桃谷六仙

武功挺高，头脑不灵，偏生喜欢辩论，六个人说起话来缠夹不清。

不戒

为爱尼姑去当和尚，什么都不戒。直心肠，以为世上事情都很简单。

田伯光

独脚采花大盗。重信义，讲交情，后来也当了"太监"，但是被迫，且当了和尚，法名"不可不戒"。

《鹿鼎记》

郑克爽

台湾延平郡王府二公子，是个绣花枕头，来到中原被韦小宝折腾得要死。

苏 荃

千娇百媚，被迫嫁与洪教主后守活寡。后来被韦小宝强奸，就嫁给了他。

建宁公主

假太后与瘦头陀的女儿。泼辣、野蛮、风骚、无知，是个受虐狂。把钦点的丈夫阉割了去嫁给韦小宝。

方 怡

云南沐王府家将的后代。漂亮，数次害韦小宝，最后还是嫁给了他。

阿 珂

陈圆圆与李自成之女。遗传了陈圆圆的绝世容颜，肤浅、无耻，爱上草包郑克爽，后被韦小宝强奸，又转而跟了他。

归 钟

"神拳无敌"归辛树的独生爱子。先天受损，靠灵药才没夭折。武功高强，心智却是儿童。一生受父母呵护，离开父母逃命都不知该往哪儿去。

《雪山飞狐》《飞狐外传》

曹云奇

天龙门北宗新掌门，是个呆瓜兼醋坛子。

范帮主

被人吹捧两句就不知自己姓什么，被人卖了还替人家数钱。

《侠客行》

白自在

天山派掌门，凌霄城主人。天生英武，于是便狂妄自大起来，到了发痴的地步，差点妻离子散。

他的身上就有点后面的任我行、洪教主的影子。

《鸳鸯刀》

太岳四侠

个个狗屁不通，偏又"侠肝义胆"，出尽洋相。再一次表现了金庸武侠小说幽默的总体风格。

上面长篇累牍地细数了金庸小说中的这么多人物，就是想展现一下金庸武侠世界的众生相。虽然列举了很多，但更多的并未提到，不管是正面人物、反面人物还是中间人物：薛神医、秦红棉、甘宝宝、王夫人、白世镜、慕容博、萧远山、梅兰竹菊四婢、杨铁心、段天德、程迦瑶、尹志平、彭长老、鲁有脚、成吉思汗、哲别、拖雷、耶律齐、程英、陆无双、公孙绿萼、公孙止、尼摩星、觉远……数不胜数。想想这些人物，有的让我们觉得好笑，有的可爱，有的可恨，有的可悲……但更多的是让我们同情。

第四章　鲜明的人物形象

第四节　雅俗小说之分

笔者认为的金庸小说的最高成就——《天龙八部》，从名字一看我们就知道他想表现的是各色人等在轮回中苦苦挣扎，但是我们读下来感受到的总体来说并不是悲天悯人的情怀，而是轻松愉悦的心情。人的愿望和达到的效果经常会有很大的距离，这个我们老早就讲过。而且这又会回到前面讲过的金庸小说的出身问题。

金庸的小说到底是纯小说还是通俗小说？首先我们要搞清楚雅俗小说的区别在哪里。这个问题实际上我们前面也提到过。它们的根本区别就在于创作目的。纯粹的文学艺术是超功利的，这一点应该没有争议。而通俗文艺则有功利目的。但是正如我们之前多次讲到，这个世界非常复杂。首先，无论是精神世界还是物质世界，并不存在完全纯粹的东西。其次，人的目的和结果经常会有差距。就雅俗文学而言，比如《诗经》中的《国风》，我们都知道是民歌，那是地道的俗文学，但是，今天又有谁敢说《国风》是俗文学呢？其实，雅俗文学存在着一种相互转换的关系。再比如，中国古代主张"文以载道""文以贯道"，现代主张"文学为政治服务"的诗人、作家，有的作品偏偏写得很美、很好看，而主张唯美的有的恰恰写得枯燥乏味，很难看。文学主张和文学实践也是经常会有差距的。

前面我们说了，《天龙八部》应该表现的是佛教悲天悯人的情怀，但读者感受到的是轻松愉快。不过，从金庸塑造的众多小说中我们前面列举和没有列举的人物身上：段誉、萧峰、虚竹、段正淳、段延庆、萧远山、玄慈、叶二娘、慕容复、阿朱、阿紫、游坦之、黄药师、梅超风、一灯、瑛姑、杨康、穆念慈、杨过、程英、公孙绿萼、公孙止、戚长发、狄云、丁典、万圭、石破天、李文秀、肖半和、越女……我们看到的和人世间的芸芸众生一样，被各种欲望煎熬，被各种情感困扰，在凡尘中苦苦挣扎，也许在这里从整体上呈现出了作者的悲悯情怀。

《天龙八部》让读者感受到轻松愉快是很正常的。不管当初金庸构思的时候是如何预想的，但他创作这部作品和别的作品一样，根本目的是吸引读者来买连载它的报纸，所以，金庸的小说从出身来说是通俗小说。但是，所谓"有心栽花花不开，无心插柳柳成荫"，从金庸武侠小说所呈现的来看，它又绝不仅仅是通俗小说。一般的通俗小说，为了吸引读者，情节是它专注的部分，别的不管是否进入其考虑范围，但从效果来看，仿佛是未进入的。只有情节吸引读者，一部小说无法给读者留下深刻印象。前面我们花专章讲了金庸小说的情节，他的小说情节的精彩就不用再说。但金庸小说的精彩绝不仅仅在于情节，比如，人物形象的成功塑造，就是区别于一般的通俗小说之处。我国古典小说四大名著中的《三国演义》《水浒传》《西游记》在成书之前，都有在民间长期发展、传承的过程，说它们是通俗小说肯定不为过。但是，新中国它们被列为四大名著，长期是中国人学习小说的典范，在世界上也享有盛誉，又绝不能以一般的通俗小说对待，这三部小说成功的原因之一也是栩栩如生的人物刻画。

我们小时候刚开始看小说，只追求故事情节的好看，与故事无关的或者关系不大的环境描写、人物外貌描写、心理描写，尤其是章回小说中的那些诗、韵文，一般都会一跳而过，更不要说前言、

第四章　鲜明的人物形象 ●●●

后记。大了以后才发现一部小说好看的绝不仅仅只有情节。会读书了以后，经常发现一部书的前言、后记可能比正文好看、重要。再到后来，经常发现文艺作品中不起眼的人、事、物往往更能说明作者的初衷。比如《哈利·波特》中叙述的小哈利·波特在姨父家受到的欺辱反映的可能就是J. K. 罗琳创作这部小说的动力所在。

金庸小说中似乎很不起眼的《白马啸西风》中有一个不起眼的人物——计老人（马家骏）。这是一个典型的普通人，刚看到孤身逃难的小李文秀玉雪可爱，他心生怜惜。可丁同来抓李文秀时他并未准备出手，因为不想惹麻烦，这对于一个普通人来说也很正常。但后来发现小女孩好心回护他时，便决定对她好。我们生活中也有像《笑傲江湖》中的仪琳那样不求回报、无条件爱别人的人和李文秀这样牺牲自己的幸福成全对方的人，但更多的是像马家骏这样的普通人，庸俗、自私，可发现别人对自己好，就会回报对方，这样的人就是好人了。马家骏为了不愿在好客的哈萨克部族的水井中投毒，被迫射了师父三枚毒针。害怕师父没死，躲在这个部族中，装成一个老人。后来收养了小李文秀。小女孩长成了美丽的大姑娘，他爱上了她，可她一直当他是爷爷。后来知道师父没死，他本来说好和她一起回江南老家，可为了救她，和师父同归于尽。这时候女孩才看到了他的真面目，才猜到他对她的感情，可他死了。就算没死，她也不会爱他，因为她爱的是别人。她和他为了自己爱的人可以牺牲自己，而她和他共同的师父——瓦尔拉齐，金庸给他取了一个汉名——华辉（化灰）。他得不到自己爱的人，就去把她杀死。好像《天龙八部》中的小康和《倚天屠龙记》中的成昆。成昆和阳顶天的妻子通奸害死了阳顶天，还认为是别人对不起他，处心积虑要覆灭明教。不惜装

127

醉奸杀自己徒弟（谢逊）的妻子并杀他全家，让他滥杀无辜掀起武林中的血雨腥风。这样的人现实中同样有，越聪明能干对人类的祸害越大。对他自己也没什么好处，小说中的成昆下场就很惨。

成昆是反面人物，但聪明机智，金庸小说的中间人物和他一个级别的有《射雕英雄传》中的黄药师。黄药师位列天下五大高手，但他的日子好像也不好过。当初他考女婿，让郭靖背"九阴真经"时，金庸有一段描写：

只听郭靖犹在流水般背将下去，心想此事千真万确，抬头望天，喃喃说道："阿衡，阿衡，你对我如此情重，借这少年之口来把真经授我，怎么不让我见你一面？我晚晚吹箫给你听，你可听见么？"那"阿衡"是黄夫人的小字，旁人自然不知，众人见他脸色有异，目含泪光，口中不知说些甚么，都感奇怪。①

当黄蓉和郭靖深爱，而郭靖又不肯背弃对华筝的婚约，眼见女儿痛苦之极，宛如妻子临终时的模样，自己却无能为力，黄药师吟道：

"且夫天地为炉兮，造化为工！阴阳为炭兮，万物为铜！"
黄蓉怔怔站着，泪珠儿缓缓的流了下来。
韩宝驹一拉朱聪的衣襟，低声道："他唱些甚么？"朱

---

① 金庸：《射雕英雄传》（二），生活·读书·新知三联书店1994年版，第690页。

第四章 鲜明的人物形象

> 聪也低声道："这是汉朝一个姓贾的人做的文章，说人与万物在这世上，就如放在一只大炉子中被熬炼那么苦恼。"韩宝驹啐道："他练到那么大本事，还有甚么苦恼？"朱聪摇头不答。①

这让人想起老子的一句话，"天地不仁，以万物为刍狗"（《道德经》第五章）。韩宝驹不相信像黄药师这么大本事的人也会有苦恼，可是他不知道本事比黄药师大得多的人也和他一样有苦恼。

> 成吉思汗……他年纪虽老，耳朵却仍是极为灵敏，忽听得远处一匹战马悲鸣了几声，突无声息。他知道是一匹老马患了不治之症，主人不忍它缠绵痛苦，一刀杀了。他突然想起："我年纪也老了，这次出征，能活着回来吗？要是我在战场上送命，四个儿子争做大汗，岂不吵得天翻地覆？唉，难道我就不能始终不死么？"②

成吉思汗建立了地球上已知的人类历史中最大的帝国，但年轻时多灾多难，连妻子都保不住；眼看建立起了庞大的帝国，可大限又来了。

金庸的关门之作《鹿鼎记》中韦小宝这样说过：

> 再说，做皇帝也没甚么开心。台湾打一阵大风，他要发

---

① 金庸：《射雕英雄传》（三），生活·读书·新知三联书店1994年版，第977页。
② 金庸：《射雕英雄传》（四），生活·读书·新知三联书店1994年版，第1311页。

愁；云南有人造反，他又要伤脑筋。做皇帝的差使又辛苦又不好玩，我是万万不干的。①

俗话说："不在其位，不谋其政。"那在其位就要谋其政，在不同的位置就要操不同的心。世俗世界的最高统治者——皇帝，明君就要忧国忧民，昏君又要被推翻，身败名裂。这又让人想起金庸《碧血剑》中的崇祯帝，《鹿鼎记》中也通过陈圆圆的嘴说起过他。金庸笔下的这些人物，上至皇帝，下至最底层的老百姓，比如《天龙八部》中段誉和王语嫣去水碾房避雨碰到的金阿二和他的爱侣，二人本来在幸福地幽会，被段王二人打搅，紧接着就被西夏武士杀害，没有谁没有苦恼，还绝不止苦恼这么简单。他们中苦恼最少的可能就是《射雕英雄传》中的傻姑。她的苦恼少就是因为傻，可是现实生活中的人们绝大多数又没有谁愿意傻，反而巴不得自己更聪明别人更傻才好。

金庸信仰佛教，他的武侠小说中的人物无论男女、老少、高低、美丑、贵贱，都在轮回中苦渡。重情的，为情所困；重利的，利令智昏；行善的，终得好报；作恶的，难逃惩罚。但无论是谁，除了《天龙八部》中的那个扫地僧，没有哪个没有烦恼、痛苦。比如上面说到的傻姑，她虽然傻，但从小没了爹娘，会没有烦恼、痛苦吗？比如段誉，他算得到好报的，可之前面对王语嫣的痴恋真称得上苦。

    这几句温言相劝的软语，赵钱孙听了大是受用，说道：

---

① 金庸：《鹿鼎记》（五），生活·读书·新知三联书店1994年版，第1971页。

第四章 鲜明的人物形象

"那么你向我笑一笑,我就听你的话。"谭婆还没笑,旁观众人中已有十多人先行笑出声来。

谭婆却浑然不觉,回眸向他一笑。赵钱孙痴痴的向她望着,这神情显然是神驰目眩,魂飞魄散。谭公坐在一旁,满脸怒气,却又无可如何。

这般情景段誉瞧在眼里,心中蓦地一惊:"这三人都情深如此,将世人全然置之度外,我……我对王姑娘,将来也会落到赵钱孙这般结果么?不,不!这谭婆对她师哥显然颇有情意,而王姑娘念念不忘的,却只是她的表哥慕容公子,比之赵钱孙,我是大大的不如,大大的不及了。"[1]

段誉的父亲——段正淳,身为王爷,号称风流浪子,可我们并没有见到他多少快活,看到的多是麻烦、困扰。几十年的情感纠葛解决不了,打打杀杀,哭哭闹闹,还差一点让儿子历尽千辛万苦得来的爱情化为泡影,"幸好"儿子不是他生的,才终成正果。最后和妻子以及几个情妇惨死在儿子面前,算是有了一个了结。

《鸳鸯刀》中的萧半和,一代大侠,正面人物中的第一高手,却是个太监,因为他想混进宫替父亲报仇。又"幸好"他是个太监,否则男女主人公的爱情又要没有着落了。

前面分析的《白马啸西风》的主角——李文秀,武功练成了高手,可她一点儿也不开心。全书的最后一句话非常引人瞩目:"那都是很好很好的,可是我偏不喜欢。"

---

[1] 金庸:《天龙八部》(二),生活·读书·新知三联书店1994年版,第591页。

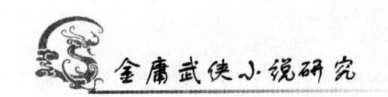

《天龙八部》给读者的总体感觉是轻松愉快，可是《白马啸西风》《飞狐外传》《连城诀》《侠客行》《笑傲江湖》，这几本书的基调都是悲情，和《倚天屠龙记》中殷离对张无忌的没有着落的爱是联系得起来的，当然，这种爱在金庸的小说里就太多了，几乎每一本都存在。这种悲情和他塑造的这些众多人物，不论他的初衷是什么，都会令读者感受到一种悲天悯人的情怀。

这里谈的相当于人们说的小说的终极关怀的问题，现在我们来谈小说的另一个问题。这个问题我们在前面提到过一下，也就是我们国家通常所说的现实主义和浪漫主义的问题。如何写小说？小说如何去表现生活？小说如何去表现作者的思想感情？作者如何用小说去表达？

前面我们说过，如何写小说，关系到作者如何看待世界、如何看待小说，也就是说关系到作者如何理解世界和小说。不同的理解就会呈现出不同的小说。有的人，比如鲁迅先生，"敢于直面惨淡的人生，敢于正视淋漓的鲜血"，愿意把美撕碎了给大家看，愿意直视残酷的人生，愿意小说真实地反映生活。强烈的现实感是他们的追求，仿佛把现实搬入小说是他们的目标。超过和不及都是他们要避免的。比如余华的《活着》后半部让福贵家人像蟑螂一样一个个死去，这样的表现手法就不像现实主义，而像魔幻现实主义了。而另一些人，愿意在小说中暂时逃离这个残酷的世界，愿意在小说中得到在现实生活中很难找到的安慰和满足，于是他们愿意小说呈现出与现实生活截然不同的面貌。以我们前面说过的理由，不能说这两种主张哪种对哪种错，同样不能说哪种高哪种低，只能看他们在具体的创作实践中做得怎么样。

金庸的武侠小说就是属于后者。出于他的创作初衷，是拿来

第四章 鲜明的人物形象

娱乐大众，同时也是博取经济回报的，所以他的小说就呈现为现在这个样子：有很多漏洞，但非常好看，非常吸引读者。

　　前面说过，作家在成功的小说中创造了一个世界，里面有活生生的人物，这一点，堪比上帝。金庸创造了让人如身临其境的空间，生活着有血有肉的各色人等，他们在其中喜怒哀乐、悲欢离合，让读者仿佛体验了一场不同的人生。能做到这样，他是非常了不起的。所以，金庸的武侠小说绝不能以一般的通俗小说对待。

第五章　丰富的文化内涵

第一节　从大汉族主义到各民族平等

作为汉族作家的金庸，难免受汉族中心主义的影响，这从他的早期作品到中期作品都可以看出来。

《书剑恩仇录》讲反清，《射雕英雄传》讲抗金，《神雕侠侣》和《倚天屠龙记》讲抗元。

《书剑恩仇录》中的维吾尔族人美好淳朴，在敌人大军逼近的情况下，他们不忘美好的生活，依然举办偎郎大会，有妻室的战士在外面守御，让年轻的兄弟们高兴一晚。

> 陈家洛出身于严守礼法的世家，从来没遇到过这般幕天席地、欢乐不禁的场面，歌声在耳，情醉于心，几杯马奶酒一下肚，脸上微红，甚是欢畅。①

---

① 金庸：《书剑恩仇录》（下），生活·读书·新知三联书店1994年版，第517页。

第五章　丰富的文化内涵

虽说"甚是欢畅",但有"严守礼法""幕天席地"这样的词语,明显还是有揶揄的成分。

以兆惠、皇太后为代表的满族人凶恶、阴险、不讲诚信,欺压异族。陈家洛、文泰来等为反清四处奔走、出生入死,后来知道乾隆皇帝是汉人,更是陈家洛的胞兄,便千方百计晓以大义,想策反皇帝,希望他恢复汉人的江山。为此,陈家洛甚至不惜出让自己心爱的姑娘。

《射雕英雄传》开头就是"靖康耻,犹未雪……"①,主人公名字就叫郭靖、杨康。接下来就是淋漓尽致地描写金人横加到郭、杨两家的惨祸。读者更不会忘记其中提到的,"乙道:'金人有狼牙棒。'甲道:'咱们有天灵盖'",② 这句包含刻骨仇恨的话。郭靖与偷盗"武穆遗书"的金国奸细几番搏斗,九死一生。他作为汉人不愿异族侵略,当得知成吉思汗要他南侵时,决然抛弃荣华富贵,冒杀头危险毅然南归,失去了生他养他、饱经苦难的母亲。到《神雕侠侣》中,他为南宋死守襄阳,呕心沥血,受世人景仰,成为"大侠"。杨过伤心糊涂时帮助过蒙古人,但很快就回到汉人一边。最后,帮助郭靖死守襄阳,也成为一代"大侠"。而反面人物杨康,身为汉人却认贼作父,当了"金狗",尽管英俊、机智,还是落到惨死且令人不齿的地步,蒙羞后人,让他儿子杨过为此受尽折磨。

《射雕英雄传》《神雕侠侣》中作为朋友的蒙古人淳朴、剽悍、重义,作为敌人金庸的话就很难听了:

---

① 金庸:《射雕英雄传》(一),生活·读书·新知三联书店1994年版,第11页。
② 同上书,第36页。

朱子柳道："蒙古乃蛮夷之邦，未受圣人教化，阁下既然请教，敝人自当指点指点。"①

蒙古坚甲利兵，武功鼎盛，但文智浅陋，岂能与当世第一大家黄药师相抗？②

他还让头号反派金轮法王自己承认：

……中原武林中英才辈出，单是这几个青年男女，已是资兼文武，未易轻敌，我蒙藏豪杰之士，可是相形见绌了。③

但是，到了中后期，这种大汉族主义的思想逐渐发生了改变。

韦一笑道："这兄妹二人倒也古怪，一个姓王，一个姓赵，倘若是咱们汉人，那可笑煞人了。"范遥道："其实他们都姓特穆尔，却把名字放在前面，这是番邦蛮俗。那汝阳王察罕特穆尔也有汉姓的，却是姓李。"说到这里，四人一齐大笑。

杨逍道："这赵姑娘的容貌模样，活脱是个汉人美女，可是只须一瞧她行事，那番邦女子的凶蛮野性，立时便显露了出来。"④

上文汉族中心主义的思想仍然很明显，这在金庸对武功的安

---

① 金庸：《神雕侠侣》（二），生活·读书·新知三联书店1994年版，第451页。
② 金庸：《神雕侠侣》（四），生活·读书·新知三联书店1994年版，第1514页。
③ 金庸：《神雕侠侣》（二），生活·读书·新知三联书店1994年版，第543页。
④ 金庸：《倚天屠龙记》（三），生活·读书·新知三联书店1994年版，第1010页。

第五章　丰富的文化内涵

排上同样明显。

华山、昆仑两派的正反两仪刀剑之术，是从中国固有的河图洛书以及伏羲文王的八卦方位中推演而得，其奥妙精微之处，若能深研到极致，比之西域的乾坤大挪移实有过之而无不及，只是易理深邃，何太冲夫妇及高矮二老只不过学得二三成而已，否则早已合力将敌手毙于刀剑之下，但饶是如此，张无忌空有一身惊世骇俗的浑厚内力，却也无法脱困。①

虽然我们前面讲的他的小说的先天缺陷这儿也有：

要知天下诸般内功，皆不逾九阳神功之藩篱，而乾坤大挪移运劲使力的法门，又是集一切武功之大成，一法通，万法通，任何武功在他面前都已无秘奥之可言。②

这和上面讲的是矛盾的。矛盾的还有：

这圣火令中所包含的武功原来奇妙无比，但一法通，万法通，诸般深奥的学问到了极处，本是殊途同归。张无忌深明九阳神功、挪移乾坤、武当派太极拳的拳理，圣火令上的武功虽奇，究不过是旁门左道之学而达于巅峰而已，说到宏广精深，远远不及上述三门武学。③

---

① 金庸：《倚天屠龙记》（三），生活·读书·新知三联书店1994年版，第824页。
② 金庸：《倚天屠龙记》（二），生活·读书·新知三联书店1994年版，第776页。
③ 金庸：《倚天屠龙记》（三），生活·读书·新知三联书店1994年版，第1177页。

又说"奇妙无比",又说"远远不及",但中心思想是一致的。矛盾的还不仅是武功:

> 谢逊叹道:"非我族类,其心必异。无忌孩儿,我识错了韩夫人,你识错了小昭。无忌,大丈夫能屈能伸,咱们暂忍一时之辱,再行伺机逃脱。你肩头挑着重担,中原千万百姓,均盼我明教高举义旗,驱除鞑子,一当时机到来,你自行脱身,决不可顾及旁人。你是一教之主,这中间的轻重大小,可要分辨清楚了。"张无忌沉吟未答,赵敏呸了一声,道:"自己性命不保了,还甚么鞑子鞑子的。你说蒙古人好呢,还是波斯人好?"
>
> ……
>
> 谢逊忽道:"小昭,你做了波斯明教的教主么?"
>
> 小昭低眉垂首,并不回答,过了片刻,大大的眼中忽然挂下两颗晶莹的泪水。
>
> 霎时之间,张无忌耳中嗡的一响,一切前因后果已猜到了七八成,心下又是难过,又是感激,说道:"小昭,你这一切都是为了我!"小昭侧开头,不敢和他目光相对。
>
> 谢逊叹道:"黛绮丝有女如此,不负了紫衫龙王一世英名。无忌,咱们过去吧。"[①]

这里就不是金庸的无心之失,而是有意为之了。"非我族类,其心必异",这是很多汉人挂在嘴上的一句话,这个"心"是怎

---

① 金庸:《倚天屠龙记》(三),生活·读书·新知三联书店1994年版,第1187—1188页。

第五章　丰富的文化内涵

么"异"的呢?

张无忌见她泪珠盈盈,突然间心中激动,伸手将她娇小的身躯抱在怀里。小昭"嘤"的一声,身子微微颤动。张无忌在她樱唇上深深印了一吻,说道:"小昭,初时我还怪你欺骗于我,没想到你竟待我这么好。"

小昭将头靠在他宽广的胸脯之上,低声道:"公子,我从前确是骗过你的。我妈本是总教三位圣处女之一,奉派前来中土,积立功德,以便回归波斯,继任教主。不料她和我爹爹相见之后,情难自已,不得不叛教和我爹爹成婚。我妈妈自知罪重,将圣处女的七彩宝石戒指传了给我,命我混上光明顶,盗取乾坤大挪移心法。公子,这件事我一直在骗你。但在我心中,我却没对你不起。因为我决不愿做波斯明教的教主,我只盼做你的小丫头,一生一世服侍你,永远不离开你。我跟你说过的,是不是?你也应允过我的,是不是?"

张无忌点了点头,抱着她轻柔的身子坐在自己膝上,又吻了吻她。她温软的嘴唇上沾着泪水,又是甜蜜,又是苦涩。

小昭又道:"我记得了挪移乾坤的心法,决不是存心背叛于你。若非今日山穷水尽,我决计不会泄露此事⋯⋯"张无忌轻声道:"现下我都知道了。"

小昭幽幽的道:"我年幼之时,便见妈妈日夜不安,心惊胆战,遮掩住她好好的容貌,化装成一个好丑样的老太婆。她又不许我跟她在一起,将我寄养在别人家里,隔一两年才来瞧我一次。这时候我才明白,她为甚么甘冒大险,要

· 139 ·

和我爹爹成婚。公子，咱们今天若非这样，别说做教主，便是做全世界的女皇，我也不愿。"说到这里，她双颊红晕如火。

张无忌只觉得抱在怀里的娇躯突然热了起来，心中一动，忽听得黛绮丝的声音在门外说道："小昭，你克制不了情欲，便是送了张公子的性命。"①

这段描写远比梦郎、梦姑的冰窖风光直露，同时也非常符合性科学。如果没有妈妈在门外的话，小昭他们可能就坏事了。

赵敏柔肠百转，原也舍不得爹爹哥哥，想起平时父兄对自己的疼爱怜惜，心中有如刀割，但自己只要稍一迟疑，登时便送了张无忌性命，眼下只有先救情郎，日后再求父兄原谅，便道："爹爹，哥哥，这都是敏敏不好，你……你们饶了我罢。"

汝阳王见女儿意不可回，深悔平日溺爱太过，放纵她行走江湖，以致做出这等事来，素知她从小任性，倘加威逼，她定然刺胸自杀，不由得长叹一声，泪水潸潸而下，呜咽道："敏敏，你多加保重。爹爹去了……你……你一切小心。"

赵敏点了点头，不敢再向父亲多望一眼。

汝阳王转身走下山去，左右牵过坐骑，他恍如不闻不见，并不上马，走出十余丈，他突然回过身来，说道："敏

---

① 金庸：《倚天屠龙记》（三），生活·读书·新知三联书店 1994 年版，第 1189 页。

第五章 丰富的文化内涵

敏,你的伤势不碍么?身上带得有钱么?"赵敏含泪点了点头。汝阳王对左右道:"把我的两匹马牵给郡主。"①

看来金庸认为"心"的"异"是异族人更容易受情感影响,没有汉人那么理智,这从前面引用《射雕英雄传》中面对郭襄即将烈火焚身的郭靖、黄药师的反应即可证明。同样在《倚天屠龙记》中,周芷若虽然深爱张无忌,但是为了正邪之分,为了光大峨眉派,她可以欺骗张无忌,杀殷离,流放赵敏,还不要说后面干的那些事,已俨然一个魔鬼。而两个异族少女,小昭为了所爱的人,根本不想去当波斯总教的教主,又为了所爱的人,毅然去当波斯总教的教主;赵敏为了所爱的人,抛弃荣华富贵,抛弃家庭,抛弃民族,抛弃国家。而汝阳王,堂堂天下兵马大元帅,居然被自己的女儿要挟,放任自己国家、民族的头号敌人——反抗军总头领、明教教主张无忌脱逃,还潸然泪下,还呜咽着嘱咐女儿一切小心,还神不守舍,还惺惺做小女儿态,问女儿伤势要紧不,有钱不,还把自己的两匹马给女儿和那个反贼。实际上也不用笔者在这里使用什么反讽的手法,绝大多数读者应该也都赞同金庸笔下的这几个异族人,上面提到的这些表现虽然理智稍逊,但恰恰展现了人性的光辉。周芷若会从一个清纯少女变成可怕的魔鬼,就是功利心太强害的。而这绝不仅仅针对汉人而言,《天龙八部》中的慕容复从一个翩翩佳公子变成一坨不齿于人类的臭狗屎,也是因为功利心太强。

我们人类发展到今天,据说霍金曾经预言地球将不再适合人

---

① 金庸:《倚天屠龙记》(四),生活·读书·新知三联书店 1994 年版,第 1352—1353 页。

类居住,我们将被迫移民外星。很多科幻片中到地球来掠夺资源的外星人我们倒没看见,我们却将要变成这样的外星人,或者说我们已经是这样的人,只是还没有去外星掠夺。从第一次工业革命就开始引领全世界的西方文明,其中越来越多的有识之士察觉到自己文明的缺陷,有好些试图到古老的东方文明中寻找智慧。其实中国很多落后的少数民族的传统生活方式,比如南方少数民族的,审视下来,其中的文化核心并不见得落后。他们一天做做农活,打打猎,喝喝酒,唱唱歌,跳跳舞,谈谈恋爱;他们对生活的要求不高,食能果腹,衣能蔽体,有地方住,有酒喝,再能把自己和家人打扮得漂漂亮亮的,他们就满足了。只要统治者不太严苛,年成不要太差,他们的要求大多能够满足,所以他们中的绝大多数很少忧虑。而他们对环境的破坏是很小的,他们的传统文化几乎都要求他们敬畏大自然,保护大自然,他们能够和环境和谐融洽地相处。他们几乎都是祖先的文明和汉族祖先的文明发生碰撞后被赶出中原,迁移到南方的深山老林中的。其实汉族祖先的文明中也有和大自然和谐相处的文化,比如老庄的思想,但是,没有占据主导地位,占据主导地位的是主张积极进取的儒家文化。但是,到近现代,中华文明和西方文明发生碰撞后,我们发现以汉族为主体的中华文明和西方的相比,远为保守、落后,而西方的这种积极进取的主流文明已发展到了疯狂掠夺、疯狂发展的地步。掠夺他人,掠夺他族,掠夺他国,掠夺地球,疯狂发展,疯狂赚取财富。鸦片战争后到现在,中国人逐渐接受了这种主流思想,掠夺资源,拼命挣钱,比西方人还要疯狂。但是,到了今天,地球上越来越多的有识之士意识到这种掠夺、发展的模式是不能持久的,是错误的。我们真的需要这么多财富吗?这

第五章 丰富的文化内涵

些财富最终能给我们带来什么？最终带来的结果可能就是科技高度发达，地球资源枯竭，人类移民外星，掠夺、发展、枯竭，再移民，再掠夺、发展、枯竭，我们就变成了科幻片中来地球掠夺资源、屠杀人类的可怕的外星人了。文化太功利绝不是好事，人太功利绝不是好事。人应该理智，但太理智也不见得是好事。人太重感情有些时候也许不是好事，但不重感情绝不是好事。人是感情的动物，没有感情的人就不能算作人。金庸可能就是基于类似的认识，才会在作品中做出这样的安排。

我认为过去的历史家都说蛮夷戎狄、五胡乱华、蒙古人、满洲人侵略我中华，大好山河沦亡于异族等等，这个观念要改一改。我想写几篇历史文章，说少数民族也是中华民族的一分子，北魏、元朝、清朝只是少数派执政，谈不上中华亡于异族，只是"轮流坐庄"。满洲人建立清朝执政，肯定比明朝好得多。这些观念我在小说中发挥得很多，希望将来写成学术性文字。

上面我讲到的那位英国历史学家汤因比在他初期写《历史研究》这部大著作的时候，并没有非常重视中国。到他快去世的时候，他得出个结论：世界的希望寄托于中国文明和西方文明的结合。他认为西方文明的优点在于不断地发明、创造、追求、向外扩张，是"动"的文化。中国文明的优点在于和平，就好像长城，处于守势，平稳、调和，是"静"的文化。现在许多西方学者都认为，地球就这样大了，无止境地追求、扩充，是不可能的，也是不可取的。今后只能接受中国的哲学，要平衡、要和谐，民族与民族之间要相互协

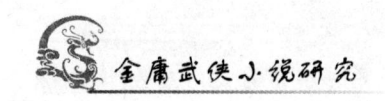

作，避免战争。由于科学的发展，核武器的出现，今后的世界大战将不可思议。一些疯狂的人也许执意要打核战争，殊不知道这种战争的结局将是人类的同归于尽。这可能性不能说没有，我所接触到的西方学者目前对打核战争都不太担心，他们最担心的是三个问题：第一是自然资源不断地被浪费；第二是环境污染；第三是人口爆炸。这三个问题将关系到人类的前途。所以，现在许多西方人把希望寄托于中国，他们希望了解中国，了解中国的哲学。他们认为中国的平衡、和谐、团结的哲学思想、心理状态可能是解决整个人类问题的关键。[①]

《倚天屠龙记》尽管也讲反元，也讲驱除鞑虏，可义军总头领、主人公张无忌对爱人的选择却很有意思。应是他头号敌人的元朝郡主敏敏特穆尔，却成了同生共死的恋人；波斯胡人小昭美丽温柔，也是他的至爱。最有意思的是他对她们——还有汉族女子周芷若的爱都是一样，不分厚薄。

《白马啸西风》中固然有狠毒的汉人强盗，但美丽、善良的主人公又是汉人；哈萨克人固然善良淳朴，但他们中也有阴险的瓦尔拉齐。汉人镖师为宝藏追杀同族人到回部，人杀了，藏宝图没得，不甘心，留在回部继续寻找。怎么生活呢？发觉做强盗比较方便。于是奸、杀、掳、掠，无恶不作。主人公汉人小女孩躲在了回部，大家知道她是汉人，而他们深受汉人强盗的祸害，其中就包括妻子被奸杀、大儿子被杀害的苏鲁克。他称小女孩为

[①]《金庸散文集·我的中国历史观》，作家出版社 2006 年版，第 321—322 页。

第五章　丰富的文化内涵

"真主降罚的汉人姑娘"①，他踢过小女孩一脚，抽过她一马鞭，还痛打把第一张猎到的狼皮献给小女孩的小儿子。但是他够善良了，这些哈萨克人够善良了，如果这个汉人小孤女是生活在汉族地区，同样的情形，她应该就长不大了。

《天龙八部》也写北宋和契丹的冲突，但不再是"胡人扰边"，而是双方互扰。为祸的不再是"胡人"，而是统治者、利欲熏心者，双方的民众都是受害者。金庸所有小说中最富英雄气概的大侠——萧峰就是少数民族——契丹人。他英勇豪迈、慷慨激昂、天生神勇、胸怀宽广，是金庸小说中最令人景仰的人物。

> 萧峰一声长叹，向南边重重叠叠的云山望去，寻思："若不是有人揭露我的身世之谜，我直至今日，还道自己是大宋百姓。我和这些人说一样的话，吃一样的饭，又有什么分别？为什么大家好好的都是人，却要强分为契丹、大宋？女真、高丽？你到我境内来打草谷，我到你境内去杀人放火？你骂我辽狗？我骂你宋猪？"②

作为男性作家，金庸笔下的女性形象尤其值得注意。同一部《天龙八部》中，汉人女子王语嫣固然美丽、温柔、博闻强记，而从不以面示人的西夏公主——梦姑，被当作白衣观音描绘过的摆夷女子刀白凤（刀姓是傣族大土司姓），美貌、泼辣、痴情的木婉清（木姓是纳西族奴隶主姓），相比之下形象更为鲜活。

他的最后一部小说《鹿鼎记》中这种各民族平等的思想达到

---

① 金庸：《雪山飞狐·白马啸西风》，生活·读书·新知三联书店1994年版，第314页。
② 金庸：《天龙八部》（三），生活·读书·新知三联书店1994年版，第1067页。

了完善的地步。再不存在什么"夷夏之防""胡汉之分"。康熙皇帝的统治得到作者的肯定甚至推崇，已经出家的顺治帝念念不忘的是"永不加赋"，而反清复明的天地会总舵主陈近南却显得那样的悖时倒运，和其他反清复明的沐剑声、柳大洪一样，都显得是那样的眼界狭隘，做起事来束手束脚。《鹿鼎记》显示出来的是，江山不再理所当然的应该是汉人统治，少数民族的统治者照样有贤明的，而汉族的昏君暴君也多的是。

当然，他的这种思想早有苗头，早期作品《碧血剑》中袁承志本想刺杀皇太极以阻止清人入关，然而也发生过动摇，因为他发觉人民在满族统治下说不定比在明朝统治下还好过些。

从大汉族主义到各民族平等，金庸的眼界大为开阔，胸襟也更为博大，使他的作品达到了历史的高度，气魄更为宏大，思想也更接近真理。

另外，《射雕英雄传》中的成吉思汗（历史上也是这样）长子术赤不仅不是自己所生，实际上还是敌人的骨血，而他视如己出。术赤不仅自己非常厉害，为成吉思汗立下赫赫战功，儿子拔都更是个传奇人物，统率的蒙古铁骑差一点扫平欧洲。成吉思汗固然是天纵英才，胸怀像草原一样宽广，但是读者看了曾在他孙子忽必烈的朝廷长期为官的一个意大利人——马可·波罗的游记（《倚天屠龙记》所说创立圣火令武功的"山中老人"此书也有记载，而金庸2001年在浙江大学招收中国古代史专业中西交通史方向博士研究生考试指定的唯一参考书就是《马可·波罗行纪》的冯承钧译本），可能就会有其他的想法了。

> 设有一外人寄宿其家，主人甚喜，即命其妻厚为款待，

第五章 丰富的文化内涵

自己避往他所,至外人去后始归。外人寄宿者,即有主人妻作伴,居留久暂惟意所欲,主人不以为耻,反以为荣。①

当时的居民大多也不是蒙古人,且书中还写道:

蒙哥汗在位辖有此州之时,闻此风习,命人禁绝,犯者严惩。居民奉命忧甚,共醵重币以献,请许保其祖宗遗风。且谓赖有此俗,偶像降福,否则彼等不能生存。蒙哥汗乃曰:"汝等既欲耻辱,保之可也。"于是放任如故,至今尚保存此恶俗也。②

但是这段文字原书的注是这样写的:

Elphinstone 曾言迦补尔(Caboul)北方山中有 Hazareh 民族者,出于蒙古之部落也,亦有此俗。蒙哥汗欲禁绝之,全部人恳求勿禁,盖此为其祖宗遗风,赖有此风而神灵降福也。

Pétis de la Croix 撰《成吉思汗史》,曾引东方著述中所保存此汗之法典条文云:"第十八条,法律禁止通奸,许将犯奸者当场杀之。土番东部居民以其国献妻侍友之风盛行,数请勿禁。此汗许之。顾不欲此风为其他臣民所染,遂同时谓具此恶俗者为贱民。"③

---

① [意]马可·波罗:《马可·波罗行纪》"第一卷 第五八章 哈密州",冯承钧译,上海书店出版社2006年版,第110页。
② 同上。
③ 同上书,第111—112页。

上面前两个不同民族要求保有这同一种风俗的理由都是一样的：此为其祖宗遗风，赖有此风而神灵（偶像）降福。第一个甚至说：否则彼等不能生存。类似的记载此书还有：

此州有一种风俗而涉及其妻女者，兹为君等述之。设有一外人或任何人奸其妻女、其姊妹或其家之其他妇女者，居民不以为耻，反视与外人奸宿后之妇女为可贵。以为如是其神道偶像将必降福，所以居民情愿听其妇女与外人交。

设其见一外人觅求顿止之所，皆愿延之来家。外人至止以后，家主人命其家人善为款待，完全随客意所欲；嘱毕即离家而去，远避至其田野，待客去始归。客居其家有时亘三四日，与其妻女、姊妹或其他所爱之妇女交，客未去时，悬其帽或其他可见之标识于门，俾家主人知客在室未去。家主人见此标识，即不敢入家。此种风俗全州流行。①

上面这好几个民族保有此种风俗的理由到底是确有福降呢，还是像前面的法典条文说的因为他们是贱民我们今天说的贱人加流氓？前面引用的此书的第一段文字的原书注这样写道：

距马可波罗百年前，有洪皓者，使女真被留。归撰《松漠纪闻》，亦言畏吾儿人有此风俗。此外古代苏格兰（Ecosse）人风俗并同。今日仅在堪察加（Kamtchatka）附近及其邻近有一号称文明豪侠之民族中，尚见有此风习，盖用此法以改

---

① ［意］马可·波罗：《马可·波罗行纪》"第二卷　第一一六章　建都州"，冯承钧译，第265页。

第五章 丰富的文化内涵

良其种族也（参看上引 Palladius 书，第 6 页）。①

古人应该还没有生物遗传的杂交优势这样的名词，他们之所以保有这样的风俗，就像我们的所有风俗、禁忌一样，都是人们千百年来对自己生活和所处世界的总结，有的正确，有的错误。而他们强调神灵降福，应该是确知好处的。前面的法典条文提到的土番居民，书中有这样的记载：

> 此地之人无有取室女为妻者，据称女子未经破身而习与男子共寝者，毫无足重。凡行人经过者，老妇携其室女献之外来行人，行人取之惟意所欲，事后还女于老妇，盖其俗不许女子共行人他适也。所以行人经过一堡一村或一其他居宅者，可见献女二三十人，脱行人顿止于土人之家，尚有女来献。凡与某女共寝之人，必须以一环或一小物赠之，俾其婚时可以示人，证明其已与数男子共寝。凡室女在婚前皆应为此，必须获有此种赠物二十余事。其得赠物最多者，证其尤为人所喜爱，将被视为最优良之女子，尤易嫁人。然一旦结婚以后，伉俪之情甚笃，遂视污及他人妻之事为大侮辱。②

里面提到的处女禁忌，弗洛伊德在他的书中这样写道：

> 在第 191 页中，他写道："在澳大利亚的笛里（Dieri）

---

① ［意］马可·波罗：《马可·波罗行纪》"第一卷 第五八章 哈密州"，冯承钧译，上海书店出版社 2006 年版，第 111 页。
② ［意］马可·波罗：《马可·波罗行纪》"第二卷 第一一四章 土番州"，冯承钧译，第 260—261 页。

及邻近部落，在女孩进入青春期时弄破其处女膜是普遍的习俗（《皇家人类学研究所杂志》，第24卷，第169期），在波特兰和哥里尼格部落，通常由一位老妇人为新娘子做，有时则请白种男人让新娘失贞［见史密斯（B. Smith）1878年的著作，第2卷，第319页］。"

在第307页，他写道："有时在婴儿期就弄破处女膜，但大多在青春期……在澳大利亚，它常与性交仪式合并进行。"

在第348页（摘自斯宾塞和吉伦［Spencer and Gillen, 1899］的通讯。在澳大利亚部落中，异族间的婚姻限制是强制的。）他写道："处女膜先人工穿破，然后男人们按顺序依次接近这个女孩（看来是仪式性的……）这一行为分为两部分：穿破与性交。"

在第349页，他又写道："在马萨（Masai，赤道非洲的一个地方），婚前的一个重要阶段便是对女孩施行手术（见汤姆森［J. Thomson］，1887，第2卷，第258页）。在萨克斯（马来）、贝勒斯（苏门答腊）及西里伯斯岛的阿福尔斯部落，女孩的处女膜往往由父亲在其做新娘前弄破（见普洛斯和巴勒斯［Ploss & Barrels］1891年，第2卷，第490页）。在菲律宾，假如在童年期没有老妇人将处女膜弄破，那么某些职业男人将会去做（见费瑟曼［Featherman］，1885—1891年，第2卷，第474页）。在一些爱斯基摩人部落，让女孩失贞通常由巫医（angekok）或牧师予以操作（见克罗莱，第3卷，第400页）。"[1]

---

[1] 车文博主编：《弗洛伊德文集（第二卷）·爱情心理学·处女的禁忌》，长春出版社1998年版，第639页。

第五章 丰富的文化内涵

很多汉族读者看到这样的记录可能都会感觉骇怪，认为这样的民族就是汉语的一个成语所说——寡廉鲜耻。但是其实处女禁忌在人类社会发展的早期阶段是普遍存在的，也应该包括汉族祖先的早期阶段，只是当时还没有汉族这个称谓。至于前面"献妻侍友"的风俗，即使解释以这些地方大多地广人稀、交通不便，而近亲结婚很容易导致后代畸形、人种退化，来了一个"外人"就相当于来了一个"人种"，肯定仍将被定性为"寡廉鲜耻"。古代的这些民族肯定没有生物遗传的杂交优势这样的名词，而且肯定没有这样明确的观念，但是他们在漫长的历史中总结出这样的规律是完全可能的，即使这种认识是很模糊的，而且是伴随着鬼神信仰的。至于道德评判，我们先不讨论贞操观念是先进还是落后，是文明还是野蛮，我们只说一点，有贞操观念的民族不守贞操才可能是寡廉鲜耻，本身没有贞操观念的民族你要他守贞操，否则就称之为寡廉鲜耻，这不是很可笑吗？

我们再来讨论贞操观念本身。我们所知的贞操观念均是针对女性而言，历史上对失去贞操的女性惩罚越严厉的时代总是有钱有势的男性选择性伴侣越自由的时代，贞操观念只是男权社会单方面强加在女性身上的一道精神枷锁。它是男权社会男女不平等的又一个明证，是落后野蛮的，是应该被抛弃的。当然，正如其他精神枷锁一样，戴惯的人们不仅会习以为常，还会把试图给他们卸掉枷锁的人视为敌人。

从以上貌似如此敲钉钻脚、证据确凿的认定其他民族鲜廉寡耻看来都不是很站得住脚，而仅仅因为肤色、语言、地域、习俗、信仰的不同就轻视、敌视他人、他族，一般来说只能证明自己的无知。

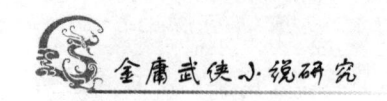

所以我们说，从大汉族主义到各民族平等，使金庸武侠小说的思想更为接近真理。

第二节　从儒家到道家到佛家

金庸武侠小说反映出的信仰从作品的先后呈现出一条大致的脉络：儒—道—佛。但是正如中国的儒、释、道三家既有各自发展的历史，又有相互斗争、融合的历史，最后又走向了三教合一，金庸作品呈现出来的儒、释、道三家的思想作为其自身信仰的反映，也是有交叉有融合，比较复杂，不是简单划一的。

一　儒家

儒家八德：孝、悌、忠、信、礼、义、廉、耻。

中国人认为"百善孝为先"，"孝"是一个好人必备的品质，这样说大致是不会错的。那什么是"孝"呢？尽管孔子、孟子从来没有说过"孝"要求子女绝对服从，但当儒家学说成为中国的统治思想后，统治阶级及其走狗——腐儒们，使"孝"呈现出了这样的内容："孝"和"顺"捆绑了起来，片面地强调顺从，无条件的顺从。还创造了所谓的"二十四孝"，包括鲁迅先生批判过的明显是骗子的郭巨，还有大家都知道的"卧冰求鲤"。孝，针对自己的父母。而这个"父母"不仅是生物学意义上的，在儒家社会中，更是社会学意义上的。所以，只要名分上是你的父母，你就必须对他（她）孝顺，不管他（她）对你如何，于是就有了这种违背人性的"卧冰求鲤"。在这个故事中，我们所有人

第五章 丰富的文化内涵

都知道，如果是亲妈绝对不会让自己的孩子去卧冰求鲤，可能的只会是她去卧冰求鲤给自己生病的孩子吃；只有狠毒的后娘才会让这样的事情发生。而故事被编辑成孩子是自愿的，事后也赢得了后娘的心。所以《红楼梦》中的贾环虽然和贾宝玉是亲兄弟，同是贾政所生，但地位却有天壤之别，绝不仅仅因为贾宝玉是正妻所生，主要还是贾环"不清醒"，不明白规则，他不应该对自己的亲娘好，而应该对王夫人好，当王夫人和自己的亲娘发生冲突时，自己应该坚决站在王夫人一边。同是赵姨娘所生的探春就因为"脑筋清醒"，在贾府拥有尊贵的地位。所以现代新文化运动的先驱们才会说这些礼法"吃人"。我们说"孝"是绝对应该的，但应该是"孝敬"，而不应该片面强调"孝顺"，这也是符合孔孟之道的。

> 子曰："……故当不义，则子不可以不争于父，臣不可以不争于君；故当不义，则争之。从父之令，又焉得为孝乎！"[1]

金庸也意识到了这一点：

> 统治者讲究"原则"。"忠"是服从和爱戴统治者的原则；"孝"是确定家长权威的原则；"礼"是维系社会秩序的原则；"法"是执行统治者所定规律的原则。对于统治阶层，忠孝礼法的原则神圣不可侵犯。皇帝是国家的化身，"忠君"与"爱国"之间可以画上等号。

---

[1] （清）阮元校刻：《十三经注疏·孝经注疏·谏诤章第十五》，中华书局1980年版，第2558页。

"孝"本来是敬爱父母的天性，但统治者过分重视提倡，使之成为固定社会秩序的权威象征，在自然之爱上，附加了许多僵硬的规条。"孝道"与"礼法"结合，变成敬畏多于爱慕。①

"悌"，我们今天说是对兄弟姐妹的友爱，但是在古代按道理是不包括姐妹的，因为在古代女性没有和男性平等的地位。不过人的天性毕竟难以违背，所以，又有好些论述"悌"的文章中会把姐妹包括进去。在古代，女性不要说不能进入兄弟的排行，在自己的姓氏里面也进入不了族谱，只有日后嫁人改从夫姓，进入夫家的族谱。被休回娘家的女人再无机会进入家谱，一生未嫁的姑娘也是一样，除非同样特殊地进入"节妇烈女"之列。过去说《关雎》是"歌颂后妃懿德"纯粹是胡说八道，因为诗中表现的"悠哉悠哉，辗转反侧"只可能是对爱人的思慕，除非这个周王的后妃是同性恋或双性恋还有一点儿可能。但是在古代积极为丈夫物色小妾完全正常，而不像今天认为的违背人性。因为如果丈夫没有生下一个儿子（不管是哪个女人生的）或过继一个养子（大多应为侄子）为家族延续香火，那么他死后，无论生前多么有钱有势，妻子都将晚景凄凉。如果娘家厉害，且为女儿撑腰，或者夫家族中能有持重、忠厚的长者主持公道，她还能分得几亩薄田、几间房子度日，否则可能直接被扫地出门。这在今天看来匪夷所思的事情在古代就是事实，因为在古代女性只是男性的附属。今天的很多人并不懂得"养儿防老"这个说法在过去的真正含义，但是重男轻女的

---

① 《金庸散文集·韦小宝这小家伙》，作家出版社2006年版，第246页。

第五章 丰富的文化内涵

思想仍然根深蒂固，真正做到男女平等可能还很遥远。

"忠"，在古代总是和"忠君"联系在一起，但金庸在《鹿鼎记》第 1827 页曾经借康熙帝的嘴说："圣人讲究忠恕之道，这个忠字，也不单是指事君而言，对任何人尽心竭力，那都是忠。"金庸小说中绝对没有愚蠢的"忠君"思想。

> 郭靖道："不错，理宗皇帝乃无道昏君，宰相贾似道是个大大的奸臣。"众人又都一怔，万料不到他竟会直言指斥宋朝君臣。忽必烈道："是啊，郭叔父是当世大大的英雄好汉，却又何苦为昏君奸臣卖命？"
>
> 郭靖站起身来，朗声道："郭某纵然不肖，岂能为昏君奸臣所用？只是心愤蒙古残暴，侵我疆土，杀我同胞，郭某满腔热血，是为我神州千万老百姓而洒。"[①]

郭靖如此的言行在古代是几乎不可能的，应该又是属于一个常识错误，但是我们读者觉得很正常，理所应当。这个"理所应当"是基于我们今天的思想意识，我们认为金庸塑造的这个人物说出这样的话"理所应当"。郭靖这样的言行和我们前面说过的在金庸小说中一以贯之的自由、平等、博爱的西方思想相通，套用他的话可以说他的小说是用武侠写的西方小说。中国味儿确实是金庸在他的小说中的有意追求，这从我们前面的论证可以证实，但把自由、平等、博爱紧密联系在一起的思想确实来源于西方。我们可以说道家有自由的思想，而佛家有平等、博爱的思

[①] 金庸：《神雕侠侣》（三），生活·读书·新知三联书店 1994 年版，第 801 页。

想，儒家也可以说有博爱的思想，但它们和西方的是不同的。道家率性而为、任意所之，追求一切行为均契合于客观规律，优游于天地之间的自由，和西方追求个性解放，实现自我价值，张扬自我的自由是有一定区别的。而佛家主张的众生平等、无我无他的平等观，大慈大悲的博爱思想，和西方源于基督教——尤其是源于基督教新教的人人生而平等、上帝爱每一个人、人们也应该相互友爱的思想也是有区别的。儒家说"仁者，爱人"，但儒家和道家一样都主张人是分等级的，尤以儒家为甚，道家的等级观念其实来源于儒家。而且，正如前面所说，如果说我们传统有自由、平等、博爱的思想，它们也是隶属于不同的思想体系，而西方自由、平等、博爱的思想是一体的。

前人讲到"信"，总是用《庄子·盗跖》中的"尾生抱柱"来举例，明显是不对的。如果真的是讲"信"，洪水来了，尾生应该避到旁边安全的地方，女子来时，他才能信守见面的约定；而他"抱柱而亡"，女子来时，则是失信了。但如果拿来作爱情的例子就很恰当。因为爱情完全可以让人丧失理智，深爱女子的尾生生怕移动一点位置女子来了就会看不见自己，所以洪水来了也不离开，直到"抱柱而亡"。我们会有这样的解读是因为用今天的眼光，我们不能迷信古人，但也绝不能迷信今人就强过古人。比如"礼"，我们大陆几十年没有礼仪教育，今天的人普遍连如何行礼都不懂。当然，儒家的礼仪又过于烦琐，不要说在今天，即便在古代也难以完全遵照执行。再比如"义"，圣人说"义者，宜也"[1]。宜，就是合适的意思。也就是说，儒家认为

---

[1] （清）阮元校刻：《十三经注疏·礼记正义·中庸第三十一》，中华书局1980年版，第1629页。

第五章　丰富的文化内涵

"义"就是应该做的事坚决去做，不该做的事坚决不做。而这是很难的，尤其是对于今天的人而言。

> 黄宗羲道："这'明史'一案，令我浙西名士几乎尽遭毒手。清廷之意甚恶，晚村兄名头太大，亭林兄与小弟之意，要劝晚村兄暂且离家远游，避一避风头。"
>
> 吕留良气愤愤的道："鞑子皇帝倘若将我捉到北京，拼着千刀万剐，好歹也要痛骂他一场，出了胸中这口恶气，才痛痛快快的就死。"
>
> ……
>
> 吕留良沉吟道："却不知避向何处才好？"只觉天涯茫茫，到处是鞑子的天下，真无一片干净土地，沉吟道："桃源何处，可避暴秦？桃源何处，可避暴秦？"顾炎武道："当今之世，便真有桃源乐土，咱们也不能独善其身，去躲了起来……"吕留良不等他辞毕，拍案而起，大声道："亭林兄此言责备得是，国家兴亡，匹夫有责，暂时避祸则可，但若去躲在桃花源里，逍遥自在，忍令亿万百姓在鞑子铁蹄下受苦，于心何安？兄弟失言了。"①

金庸最后一部小说《鹿鼎记》一反以往的套路，不仅拿一个不会武功的流氓无赖来做主角，而且让历史上的三个大儒长篇累牍地大谈"《明史》案"，看来他当时是不担心没有人看他的连载小说了。虽然是虚构的小说，但这三个人物的话完全合情合理，

---

① 金庸：《鹿鼎记》（一），生活·读书·新知三联书店1994年版，第10—11页。

尤其是吕留良的话绝对"真实"。他"说"拼着千刀万剐要去骂皇帝，他应该就是这样"想"，也是准备这么去"做"的。历史上董狐和赵盾、齐太史兄弟和崔杼、方孝孺和朱棣的事迹我们都听说过，中国古代的士是很有骨气的。"士"就是英语的"intellectual"，有知识只是基础，还必须有高度的社会责任感和高度的社会良知，正如上文吕留良后面所"说"的。他说的就是大"义"之所在。

在这部小说的最后一本，康熙帝准备炮轰伯爵府，灭掉天地会、沐王府一干人，韦小宝心道：

做人不讲义气，不算乌龟王八蛋算甚么？①

我们相信韦小宝能够干出那些惊天动地的大事，因为他"盗亦有道"，非常看重义气。我们说金庸的小说对读者做人有正面的潜移默化的作用也正是在这些地方。《天龙八部》中，当萧峰在少林寺前遭到天下英雄围攻陷入绝境时，虚竹出来和他认由段誉代为结拜的兄弟关系。

萧峰微微一笑，心想："兄弟做事有点呆气，他和人结拜，竟将我也结拜在内。我死在顷刻，情势凶险无比，但这人不怕艰难，挺身而出，足见是个重义轻生的大丈夫、好汉子。萧峰和这种人相结为兄弟，却也不枉了。"当即跪倒，说道："兄弟，萧某得能结交你这等英雄好汉，欢

---

① 金庸：《鹿鼎记》（五），生活·读书·新知三联书店1994年版，第1678页。

第五章　丰富的文化内涵

喜得紧。"两人相对拜了八拜，竟然在天下英雄之前，义结金兰。①

这样的场景，让人血脉偾张，其中令我们感动的英雄气概正是义气。

这部书刚开头，第 97 页，段誉和木婉清初遇，被她折磨，逃走不成，被她质问，他说："我又不是你奴仆，要走便走，怎说得上'私自逃走'四字？黑玫瑰是你先前借给我的，我并没还你，可算不得偷。你要杀就杀好了。曾子曰：'自反而缩，虽千万人，吾往矣！'我自反而缩，自然是大丈夫。"虽然金庸让野姑娘木婉清回了一句："甚么缩不缩的？你缩头我也是一剑。"但我们知道段誉的意思：他做得没错，所以不怕。"义"，就是做正确的事情，正如上面所说，应该做的事坚决去做，不该做的事坚决不做，这正是武侠小说一直歌颂的，也是我们读者爱看武侠小说的一个重要原因。

那什么叫"廉"呢？据说在新加坡、中国香港等国家和地区，公务员有一块钱的收入不能说明出处就面临指控，这样的法律规定的目的就是"廉"。那"耻"呢？孔子说过："知耻近乎勇。"② 今天的人们会干很多可怕事情的一个重要原因就是不知耻。

前面分析人物形象的时候说过，郭靖的言行完全符合儒家八德——孝、悌、忠、信、礼、义、廉、耻，无一不符，我们说这个形象假也是这个原因。也许有读者提出质疑，像郭靖这么一介

---

① 金庸：《天龙八部》（五），生活·读书·新知三联书店 1994 年版，第 1614—1615 页。

② （清）阮元校刻：《十三经注疏·礼记正义·中庸第三十一》，中华书局 1980 年版，第 1629 页。

武夫怎么谈得上是儒家的代表呢？孔孟的学说被后代改造过，孔孟时代的一个儒生和鲁迅先生笔下的孔乙己——腐儒，有天壤之别；孔孟时代的一个儒生想要实现自己的抱负，让统治者采纳自己的意见，像孔子那样去周游列国，像孟子那样去游说各国君王，在春秋战国那样动乱的年代，有武艺傍身是应该的。如果说郭靖没有学问，那看《论语》上是怎么说的：

> 子曰："弟子，入则孝，出则悌，谨而信，泛爱众，而亲仁。行有余力，则以学文。"
>
> 子夏曰："贤贤易色；事父母，能竭其力；事君，能致其身；与朋友交，言而有信。虽曰未学，吾必谓之学矣。"①

在先哲的眼中，首先是做人，其次才是学问。当然，拿"贤贤易色"来讲郭靖有点好笑，因为黄蓉这个超级大美女的品德应该是弱于色相的，起码在和郭靖好之前是这样。

《书剑恩仇录》中的陈家洛、《碧血剑》中的袁承志都是儒家大侠形象，刚毅、方正，为国为民。血缘亲情是儒家的基石之一，《书剑恩仇录》中陈家洛把香香公主让给乾隆皇帝——他的亲哥，固然出于政治考虑，从根子上说恐怕还有血缘在起作用。在儒学浸润的中国向来有兄长没有娶妻，当弟的就不好结婚的说法。《碧血剑》中的袁承志刚毅、朴实，忧国忧民，已经有点郭靖的样子。《射雕英雄传》和《神雕侠侣》中的郭靖，是金庸儒家思想在他小说中的完美代表。郭靖刚毅木讷：刚，就是刚强；毅，

---

① （清）阮元校刻：《十三经注疏·论语注疏》"学而第一"，中华书局1980年版，第2458页。

第五章 丰富的文化内涵

就是坚定；木，就是在今天大陆几乎被等同于愚蠢的老实；讷，就是拙于言辞（金庸本人据说就拙于言辞）。子曰："刚、毅、木、讷近仁。"①。他小时候在铁木真的大儿子术赤的皮鞭抽打下，就是不出卖别人——当时还是陌生人的哲别。学武术，由于天资愚钝他吃尽了苦头，后来马钰指点他，问敢不敢上悬崖，他硬是凭着一股韧劲上了数十丈绝壁。他初次和黄河四鬼相斗，后来为保护武穆遗书、洪七公两次和西毒欧阳锋对掌，都是明知打不过但绝不退缩，两次险些丧生，充分体现了儒家"知其不可而为之"的思想。

  子路宿于石门。晨门曰："奚自？"子路曰："自孔氏。"曰："是知其不可而为之者与？"②

  郭靖有儒家的仁爱思想，曾不惜牺牲爱情和触犯成吉思汗的天威为敌国十数万人民请命。他爱国爱民，为阻止蒙古南侵，曾前去刺杀蒙古军元帅——义兄拖雷，为大局情愿割舍结义之情。到后来他死守襄阳，正符合《射雕英雄传》第474页所写当初年少时在太湖游玩黄蓉为他转述的圣人的话："国有道，不变塞焉，强哉矫；国无道，至死不变，强哉矫。"用他的话说："为国为民，侠之大者。"③

  子路问强。子曰："南方之强与？北方之强与？抑而强

---

① （清）阮元校刻：《十三经注疏·论语注疏》"子路第十三"，第2508页。
② （清）阮元校刻：《十三经注疏·论语注疏》"宪问第十四"，第2513页。
③ 金庸：《神雕侠侣》（二），生活·读书·新知三联书店1994年版，第770页。

与？宽柔以教，不报无道，南方之强也，君子居之。衽金革，死而不厌，北方之强也，而强者居之。故君子和而不流，强哉矫！中立而不倚，强哉矫！国有道，不变塞焉，强哉矫！国无道，至死不变，强哉矫！"[1]

新文化运动"打倒孔家店"，新中国"批林批孔"，今天的大陆人对儒家知之甚少，甚至是无知、曲解。很多人提到中庸，以为就是不靠前，不靠后，躲在中间，明哲保身，殊不知完全不是那么回事。郭靖这个形象是虚构的，真实生活中，宋朝，王安石变法，苏东坡批评新政，被贬；变法失败，司马光旧党上台，苏东坡说新政还是有可取之处，又被贬。苏东坡在仕途中言行的出发点主要不是自己的利益，而是是否正确，是否符合道义，这就是"中庸"，"中立而不倚，强哉矫"！儒家文化有很多非常了不起的内容，它的创立者孔子是想建立一个安定、文明的社会，但他理想中的安定、文明的社会要靠严格的等级制度来维护。他主张人们固守自己的等级，并且坚决反对任何改变，哪怕只是试图改变。主张人的不平等，这是儒家学说中最为腐朽的部分。自从儒学成为治国学说，它被统治者和腐儒们更加改造成为服务于统治者的思想。比如打压宣扬民本思想的孟子学说，降低孟子的地位，把和孔子同等的孟子的思想放在次一等的位置上。实际上，如果说真有什么统治的秘诀，那就是孟子的《齐桓晋文之事章》所说的：

今王发政施仁，使天下仕者皆欲立于王之朝，耕者皆欲

---

[1] （清）阮元校刻：《十三经注疏·礼记正义·中庸第三十一》，中华书局1980年版，第1626页。

第五章　丰富的文化内涵

耕于王之野，商贾皆欲藏于王之市，行旅皆欲出于王之途，天下之欲疾其君者皆欲赴愬于王。其若是，孰能御之？①

就像金庸《鸳鸯刀》结尾处第286页所写鸳鸯刀上刻着的无敌于天下的秘密就是引用孟子的话"仁者无敌"②，正如同页书中袁夫人所说："满清皇帝听说这双刀之中，有一个能无敌于天下的大秘密，这果然不错，可是他便知道了这秘密，又能依着行吗？"孟子施行仁政、以百姓安居乐业为本的统治之道是很少有统治者愿意遵行的。

不利于统治者的思想被压制（比如孟子认为独裁者及其爪牙是"一（独）夫"③"民贼"④，该被诛杀或抛弃），利于统治者的思想被"发扬光大"，不尊重个体，片面强调服从、奉献、牺牲，使儒家学说变成束缚人们思想，方便统治者使用的工具。可能由于逐渐认识到儒学的局限性，金庸小说中的儒家大侠从举世景仰的郭靖变成只有一死以谢天下的萧峰，再最后沦落为愚忠以至惨死在主人草包儿子手上的陈近南。当然，具体情况又是很复杂的，就像我们不能要求两三千年前的孔子有平等的思想，《鹿鼎记》中的陈近南虽然远没有韦小宝"辉煌"，但他身上却散发着光辉。

---

① （清）阮元校刻：《十三经注疏·孟子注疏》卷一下，中华书局1980年版，第2671页。

② （清）阮元校刻：《十三经注疏·孟子注疏》卷一上，中华书局1980年版，第2667页。

③ （清）阮元校刻：《十三经注疏·孟子注疏》卷二下，中华书局1980年版，第2680页。

④ （清）阮元校刻：《十三经注疏·孟子注疏》卷十二下，中华书局1980年版，第2760页。

陈近南走到窗边,抬头望天,轻轻说道:"小宝,我听到这消息之后,就算立即死了,心里也欢喜得紧。"

……

陈近南叹道:"我这条命不是自己的了,早已卖给了国姓爷。人生于世,受恩当报。当年国姓爷以国士待我,我须当以国士相报。眼前王爷身边,人材日渐凋落,我决不能独善其身,舍他而去。唉!大业艰难,也不过做到如何便如何罢了。"说到这里,又有些意兴萧索起来。①

韦小宝微一定神,喘了几口气,抢到陈近南身边,只见郑克爽那柄长剑穿胸而过,兀自插在身上,但尚未断气,不由得放声大哭,抱起了他身子。

陈近南功力深湛,内息未散,低声说道:"小宝,人总是要死的,我……我一生为国为民,无愧于天地,你……你……你也不用难过。"②

虽然有点愚忠,但正如他所说"我一生为国为民,无愧于天地",这个形象还是很感人的,就像同书中的柳大洪。

柳大洪双眼一瞪,大声道:"陈总舵主说什么数十万军民,十数万弟兄,难道想倚多为胜吗?可是天下千千万万百姓,都知道永历天子在缅甸殉国,是大明最后的一位皇帝。咱们不立永历天子的子孙,又怎对得起这位受尽了千辛万苦,终于死于非命的大明天子?"他本来声若洪钟,这一大

---

① 金庸:《鹿鼎记》(四),生活·读书·新知三联书店1994年版,第1309—1310页。
② 金庸:《鹿鼎记》(五),生活·读书·新知三联书店1994年版,第1739页。

声说话，更是震耳欲聋，但说到后来，心头酸楚，话声竟然嘶哑。①

说他们愚忠也不能影响我们被感动。是人就会有局限性，对于古人而言，要求他们把忠君和爱国分开基本是不可能的，除非像历史没有发生的那样，孟子的民本思想被大大提倡。何况，忠诚是一种非常可贵的品质，尤其对于今天的人来说。

二 道家

相比之下金庸中后期作品《神雕侠侣》《笑傲江湖》中的有道家色彩的杨过、令狐冲，尽管历尽劫难，却是多么的潇洒、自由。

前面提到在人类社会发展的早期普遍存在的"处女禁忌"，很多读者可能觉得诧异，因为和平时所知的相去太远，在我们的文化中"处女"甚至被认为是"宝"。其实不只我们的文化，基督是圣处女玛丽亚所生，前面讲的《倚天屠龙记》中的黛绮丝和小昭都是波斯明教的圣处女。黛绮丝因为失贞所以要被烧死，小昭因为是圣处女所以能当教主。在成熟文化中，这样的现象是普遍的。在中国，有人甚至认为和处女交接对男人大大有利，这种可笑、邪恶的观念应该就和道教的一个偏门——房中术有关。

这老怪信了甚么采阴补阳的邪说，找了许多处女来，破

---

① 金庸：《鹿鼎记》（二），生活·读书·新知三联书店1994年版，第509页。

了他们的身子,说可以长生不老。①

中国儒家和儒教是一回事,佛教和佛家是一回事,道教和道家虽然关系紧密,但不是一回事。道家可以追溯到黄帝,而道教产生于汉代。道家学说有非常高的思辨性,而道教则有非常多的巫术和原始信仰的成分。道教主要以道家学说作为理论基础,从创立伊始到今天,都有非常浓厚的民间色彩。在官方压迫过重,民间不堪其苦的时候,道教还经常充当反政府组织的核心,比如东汉末年中原的太平道首领张角发动了黄巾大起义。起义虽然被镇压,却在实质上摧毁了东汉王朝。张陵在东汉末年于今天的四川大邑鹤鸣山创立"五斗米道"(天师道),他的孙子张鲁在巴蜀建立了几达三十年的和平安定的政教合一的统治。西晋末年,巴氏天师道信徒李特、李雄发动的流民起义在巴蜀天师道首领范长生的支持下,建立了成汉政权。两晋南北朝,经过葛洪、寇谦之、陆修静、陶弘景等出身上层的道士改造,道教被统治阶级接纳。很多高门大姓世代信奉天师道,甚至出现了晋哀帝、简文帝等奉道皇帝,道教成为官方信仰。

但是,与此同时称名来源于《太上洞渊神咒经》的"李弘"起义在整个两晋南北朝不绝于书。到唐朝,来自西域的皇室——李家为了证明自己统治的合法性,自称陇西李氏,更是把道教的太上老君——老子认作始祖。北宋,《射雕英雄传》提到的徽宗自称"道君皇帝",刊行了《万寿道藏》。南宋退到南方直至被元灭后,北方的汉族人民把"射雕""神雕"中提到的全真教视为

---

① 金庸:《射雕英雄传》(二),生活·读书·新知三联书店1994年版,第445页。

第五章 丰富的文化内涵

精神领袖。全真教道士戒律严明、洁身自爱、关怀百姓，也确实堪当重任。到明清，道教和佛教一样衰退，和儒教一起走向三教合一，走向民间。到今天，很多中国人的丧葬都还会找道士来作法事。而道家学说则一直为中国读书人喜爱。他们以儒家学说积极入世，遇到挫折后，往往就躲避进道家和佛家的学说。虽然道家和道教不是一回事，但是有的时候，人们又笼统地把二者称为道家。

道家作为中国传统文化的三大组成部分之一，金庸不可能不受它的影响，《天龙八部》中的"逍遥派"就是金庸塑造的道家门派，派别的名字和他们"北冥神功"的总纲就来源于《庄子·逍遥游》。无崖子和李秋水（他们的名字明显也来源于《庄子》）早年在大理无量山的生活接近道教的理想境界。道教不讲来生，有的道经中讲到来生是因为魏晋南北朝时和佛教竞争，为了自充门面编造道经，从佛经抄的。

道教只重今生，追求"寿与天齐，仙福永享"，当然，是真正的"寿与天齐，仙福永享"。他们希望长生不老，身体非常好，有几个年轻美貌的妾，掌握高超的法术，享受人世间（或者号称升到仙界）的至乐。当然，这是不可能的，就像无崖子和李秋水的神仙生活也无法继续。但是，作为佛家思想代表，并且终得福报的段誉和虚竹（后来离开佛门改称虚竹子），最后都是身怀绝世武功，带着几个美貌老婆（虚竹虽说只写了西夏公主一个老婆，可梅兰竹菊四婢不说在古代她们对于主人——虚竹就有性伴侣的隐形身份，金庸还特意交代了她们给虚竹洗澡的细节，还不说灵鹫宫一大帮女子从身份来讲全是他的奴仆），去过神仙般的日子了。这让人想起鲁迅先生的那句话："中国根柢全在道教。"①

  当然，这些早就现了端倪。在他的第一部作品《书剑恩仇录》中，陈家洛在回疆迷宫中发现的绝世武功就是从《庄子·养生主》中体会的，之后《飞狐外传》《倚天屠龙记》中大展神威的实际就存在的太极拳，他在《碧血剑》《倚天屠龙记》《笑傲江湖》中创造的华山派、昆仑派、崆峒派、青城派都应该是道家，"正两仪剑法""反两仪刀法""独孤九剑"应该也都是道家的。前面说了，《射雕英雄传》《神雕侠侣》中扮演重要角色的全真教在历史上确有其事，书中创教祖师、历代掌教的姓名和他们的事迹也和在中国道教史上占重要地位的全真教的史实大致吻合。

  金庸塑造的众多英雄形象中，最光辉的是儒家大侠萧峰，最可亲的是兼有儒释两家思想的段誉，而最潇洒的则是道家大侠杨过和令狐冲。儒、释、道三家，金庸对道家可能不是最熟悉，但从我们阅读的感受来说，杨过身上可能倾注了他最多的感情，那这是为什么呢？原因可能有很多，这里我们就讲跟信仰有关的。我们说了，道家可能不是他最熟悉、最感兴趣的，但道家思想中有一点肯定和他非常契合，那就是自由。

  1964年10月5日，金庸在社评《我们歌颂"民主"与"自由"》中说：

  ……如果这世界上真有什么值得为之牺牲一切，包括牺牲自己的生命的东西，那便是"自由"。②

---

① 鲁迅：《致许寿裳》，《鲁迅全集》第十一卷，人民文学出版社2005年版，第365页。

② 傅国涌：《金庸传》，浙江人民出版社2013年版，第289—290页。

第五章　丰富的文化内涵

道家追求的自由自在、无拘无束，金庸肯定非常喜欢。他倾注感情最多的可能是杨过，但"自由自在、无拘无束"体现得最好的是令狐冲。这个道理也很简单，因为中期作品《神雕侠侣》中的杨过会时时受到儒家大侠郭靖的影响，而在后期作品《笑傲江湖》中一个儒家大侠都没有。令狐冲天生是一个"正人君子"眼中的浪子，天生就反感这些装模作样的"正人君子"。本来有个例外，他很尊重自己的师傅——"君子剑"岳不群。可后来知道这个江湖人称"君子剑"的更是"君子"中的极品。令狐冲遇到青城派的"英雄豪杰"，就要让他们来个"屁股向后平沙落雁式"①；他看到日月神教的教众膜拜教主，听到他们谀辞如潮就会如芒刺背。不要说五岳盟主他不想当，给衡山派的尼姑当掌门他也不想，他就想作一个自由自在、无拘无束的人。

> 令狐冲却是天生的不受羁勒。在黑木崖上，不论是杨莲亭或任我行掌握大权，旁人随便笑一笑都会引来杀身之祸，傲慢更加不可。"笑傲江湖"的自由自在，是令狐冲这类人物所追求的目标。②

> 金庸：我只说我自己这一生过得自由自在、随心所欲，不必受上司指挥和官职的羁绊，行动自由、言论随便，生活自由舒服得多。不敢说心理上作为一个"新闻工作者和不受拘束的小说家"，在报纸上撰述评论，鼓吹维护民族主权和

---

① 金庸：《笑傲江湖》（一），生活·读书·新知三联书店1994年版，第143页。
② 金庸：《笑傲江湖》（四）"后记"，生活·读书·新知三联书店1994年版，第1592页。

尊严，鼓吹世界和平，创作浪漫小说，比做外交官的贡献更大更有意义，只是说，外交官的行动受到各种严格规限，很不适宜于我这样独往独来、我行我素的自由散漫性格。我对于严守纪律感到痛苦。即使作为报人，仍以多受拘束为苦，如果我做了外交官，这一生恐怕是不会感到幸福快乐的。①

道家做人行事的最高准则——顺其自然，是非常正确、非常吸引人的，正像《笑傲江湖》中风清扬教令狐冲剑时说的"行乎其不得不行，止乎其不得不止"②，难怪伟大的汉学家、《中国科学技术史》的作者——李约瑟自称道家（Taoist）。

三　佛家

再看《倚天屠龙记》中的张无忌，他一副菩萨心肠，为救"魔教"教众，先是以血肉之躯受灭绝师太三掌，两番狂吐鲜血，后来一人独挡六大门派围攻，差点死于周芷若剑下，正是佛家大慈大悲的胸怀。

佛教从东汉末年传入中国，经历了依附黄老，独立发展，和儒、道斗争，登峰造极，衰落，与儒、道走向三教合一的过程。作为从古代印度传来的信仰，能够在与古印度基本处于同一文化层次的中国生根开花，除了它传来的时间恰逢汉末天下大乱，儒家在思想界的统治地位被动摇这个大好时机，还有古代印度、西

---

① 金庸、[日]池田大作：《探求一个灿烂的世纪——金庸/池田大作对话录》，北京大学出版社1998年版，第96页。
② 金庸：《笑傲江湖》（一），生活·读书·新知三联书店1994年版，第374页。

第五章　丰富的文化内涵

域、中国众多高僧大德艰苦卓绝的不懈努力。佛教从传入中国，到两晋南北朝中国化，到隋唐在历史上在全球范围内达到鼎盛，进而诞生出纯粹中国化的佛教——禅宗，佛教从一种外来文化演变成为中国传统文化的三大组成部分之一。比如观世音大士，在古代印度是一位王子，到了中国，却变成了女性。西晋竺法护译出《正法华经》，姚秦鸠摩罗什译出《妙法莲花经》，观世音救苦救难、大慈大悲的形象迅速吸引了两晋南北朝时灾难深重的中国人，《妙法莲花经》中的"观世音菩萨普门品"被单独析出刊行，称《观世音经》或《观音经》，观音信仰普及中国大地，遍及众多民族，直到今天。可能正是观音菩萨救苦救难、大慈大悲的形象在两性形象中更符合女性形象，在两晋南北朝，观音菩萨从印度的男性变成了中国的女性。

上面张无忌的这种行为正是符合观音菩萨救苦救难的精神。张无忌的结局基本是完满的，类似的还有《天龙八部》中宅心仁厚的段誉、一心向佛的虚竹都是苦渡劫数、终得福报。但我们前面说过，段誉、虚竹的结局是过上了类似道家的神仙生活。虚竹一心想当和尚而不得，只好改叫虚竹子，归入了逍遥派，丁春秋却被迫在少林寺修行，这也许正是金庸想要表现的"有求皆苦"[①]。《天龙八部》直接以佛教术语为书名，书中除了一个少林寺的杂役和尚（他的原型猜来应该是六祖慧能）——佛的化身外，人人都在轮回中苦渡，表演一出出正剧、闹剧、悲剧、喜剧，只有向佛的人最后能得善果。《神雕侠侣》末和《倚天屠龙记》初也有这么一位少林寺监管藏经阁的闲职和尚——觉远大师，可

---

① 金庸：《天龙八部》（四），生活·读书·新知三联书店 1994 年版，第 1419 页。

金庸自己都在书中说,"杨过看这僧人时,只见他长身玉立,恂恂儒雅,若非光头僧服,宛然便是位书生相公……这觉远五十岁左右年纪,当真是腹有诗书气自华,俨然、宏然、恢恢广广、昭昭荡荡,便如是一位饱学宿儒、经术名家"①。

  金庸小说中佛家的形象有一个发展变化的过程。《书剑恩仇录》陈家洛的义父——红花会老舵主于万亭,为了爱情放弃佛门。《碧血剑》袁承志和佛门没有关联。《射雕英雄传》和《神雕侠侣》塑造了一个天下五大高手之一的一灯大师,但他前面有不救周伯通和瑛姑私生子的愧疚,后面虽然有舍己救人的胸怀,可还是教化不了裘千仞,最后和周伯通、瑛姑同居百花谷。与段誉、虚竹一样,这应该是接近道家的理想境界。《雪山飞狐》中的宝树大师是坏蛋——阎基。《飞狐外传》中的尼姑圆性,是不守清规惹得胡斐相思的袁紫衣(缁衣)。《倚天屠龙记》中少林寺众高僧也和凡人一样,贪、嗔、痴俱全,倒是谢逊放下屠刀,立地成佛。《白马啸西风》和《鸳鸯刀》没有佛门形象出现。《连城诀》中的"血刀门"都是恶僧。《侠客行》下面会专门论及。《笑傲江湖》中少林寺和衡山派掌门都是佛门大德的形象,里面还有金庸小说中最让人喜欢的女性形象之一的仪琳,可她让我们喜欢的是"色",而不是"空"。《鹿鼎记》中清凉寺的玉林大师确实非常厉害,但和我们心目中的高僧大德似乎又相去甚远,倒是少林寺呆头呆脑的澄观老和尚让人很喜欢。

  我们说了,阅读《天龙八部》并没有让我们感到悲天悯人的情怀,我们感受到的是幽默的情怀。这个"有心栽花花不开,无

---

① 金庸:《神雕侠侣》(四),生活·读书·新知三联书店1994年版,第1544页。

第五章　丰富的文化内涵

心插柳柳成荫"固然跟前面说的作品的出身有关，但也一定是作者的思想状况的反映。全书的结尾很有意思：

> 段誉见到阿碧的神情，怜惜之念大起，只盼招呼她和慕容复同去大理，妥为安顿，却见她瞧着慕容复的眼色中柔情无限，而慕容复也是一副志得意满之态，心中登时一凛："各有各的缘法，慕容兄与阿碧如此，我觉得他们可怜，其实他们心中，焉知不是心满意足？我又何必多事？"轻轻拉了拉王语嫣的衣袖，做个手势。
>
> 众人都悄悄退了开去，但见慕容复在土坟上南面而坐，口中兀自喃喃不休。①

虽然《天龙八部》在总体上让读者感受到的是轻松愉快，但写作时间紧挨着的《白马啸西风》、《连城诀》（原名《素心剑》）、《侠客行》让人感受到的却是悲苦，淡淡的，有一点悲天悯人的感觉。最有意思的是《侠客行》中的石破天。"石破天"是个假名，而他自称的"狗杂种"更不可能是名字。他之所以自称"狗杂种"是因为"妈妈"这样叫他。我们知道天下绝没有妈妈叫自己儿子"狗杂种"的道理。作品让我们知道他和石中玉非常像，就算石中玉的父母——石清、闵柔都差点分不清。而石中玉有个弟弟石中坚，还未满月就被仇家掳去，尸身被送回时面部血肉模糊。后来才知这个仇家梅芳姑原来痴恋石清，原来她就是石破天的"妈妈"，死时还是处女。小说就此结束，但这个结束和《雪山

---

① 金庸：《天龙八部》（五），生活·读书·新知三联书店1994年版，第1972页。

飞狐》的结束有本质的不同。《雪山飞狐》的结束是故意制造悬念，而这里的结束是为了完成作品的主旨。虽然条件指向"石破天"可能就是石清、闵柔的次子石中坚，但也完全可能不是。严格地说，他就没有名字，根本不知道自己是谁。而恰恰是自己是谁都不知道的他，破了集武林精英四十年心血都无法破译的侠客岛武功秘籍，练成了绝世武功，回到了心上人身边。正所谓"无我相，无人相，无众生相，无寿者相"①，正是《金刚般若波罗蜜经》的真义。

更妙的是金庸在后记中写道："写《侠客行》时，于佛经全无认识之可言，《金刚经》也是在去年十一月间才开始诵读全经，对般若学和中观的修学，更是今年春夏之事。此中因缘，殊不可解。"② 这有两个解释，一个是再一次证明像金庸这种在传统文化熏陶下长大的人，传统文化是浸润在骨髓中的。第二个是他谦虚，《倚天屠龙记》中就有谢逊为张无忌诵读的《金刚经》经文"如我昔为歌利王割截身体，我于尔时，无我相，无人相，无众生相，无寿者相"③。这个"殊不可解"的"因缘"可能也正是《金刚经》的正解？

第三节 对雅文化从推崇到嘲弄

阅读金庸的武侠小说，能感受到浓厚的文化气息。金庸在他的早中期作品（包括晚期的《笑傲江湖》）中表现了对中国传统文化的热爱和推崇，诗词歌赋、琴棋书画、五行八卦无所不有。虽然说有评论者指出过他的错误，比如《射雕英雄传》中郭靖背

---

① （姚秦）鸠摩罗什译：《金刚般若波罗蜜经》，《域外汉籍珍本文库》编辑委员会编：《高丽大藏经》第10册，线装书局2004年版，第85页。
② 金庸：《侠客行》（下），生活·读书·新知三联书店1994年版，第633页。
③ 金庸：《倚天屠龙记》（四），生活·读书·新知三联书店1994年版，第1504页。

第五章 丰富的文化内涵

黄蓉去找一灯大师求救，朱子柳拦路考黄蓉的那一段，本来是要掉一下书包，结果却砸到了脚；还有在作品中引用的词曲，有的时间上有问题。但是，正如我们前面说的，一则这些错误不是很多，二则他的小说确实写得太好看了，所以我们觉得可以原谅。而他在小说中展现出来的这些传统中国文化，仍然让中国人读来非常过瘾。比如前面说过的武功招数，比如"降龙十八掌"：潜龙勿用、龙战于野、飞龙在天、亢龙有悔等，这些名字看着就过瘾，要是再读过《周易》，那就更有味道了；比如多次出现的对书法的介绍，以及在武功上的化用，最出彩的是《倚天屠龙记》中张翠山观摩张三丰凭空临《丧乱贴》和写"武林至尊，宝刀屠龙，号令天下，莫敢不从。倚天不出，谁与争锋"[①] 而悟出武功，比如《射雕英雄传》和《天龙八部》中黄蓉和阿朱、阿碧烹饪的美食，那是金庸在传统饮食文化的基础上作的文学创造，让读者得到一番精神美餐；比如《笑傲江湖》中对各种酒酿造、储存、运输以及酒具的介绍，《倚天屠龙记》《天龙八部》《笑傲江湖》中对中医、围棋和中国古典音乐的介绍以及在情节中的巧妙运用，让普通读者既感兴趣，又能增长知识。

但是，这一切被他的两部小说——《侠客行》《鹿鼎记》中的两个人物——石破天和韦小宝打得粉碎。前面讲过的石破天，他大字不识，来到侠客岛，武功秘籍在精英们看来文辞深奥、诠释多义，而在他看来那些图案、文字只是一把把小剑、一根根线条、一团团云气和一条条"小蝌蚪"，而这正是破译秘籍的关键，稍有文化的人绝对误入歧途，而他得成正果，跟文化开了个大大的玩笑。

[①] 金庸：《倚天屠龙记》（一），生活·读书·新知三联书店1994年版，第122页。

举目向石壁瞧去，只见壁上密密麻麻的刻满了字，但见千百文字之中，有些笔划宛然便是一把长剑，共有二三十把。

这些剑形或横或直，或撇或捺，在识字之人眼中，只是一个字中的一笔，但石破天既不识字，见到的却是一把把长长短短的剑，有的剑尖朝上，有的向下，有的斜起欲飞，有的横掠欲堕，石破天一把剑一把剑的瞧将下来，瞧到第十二柄剑时，突然间右肩"巨骨穴"间一热，有一股热气蠢蠢欲动，再看第十三柄剑时，热气顺着经脉，到了"五里穴"中，再看第十四柄剑时，热气跟着到了"曲池穴"中。热气越来越盛，从丹田中不断涌将上来。

……

他不由得有些害怕，再看石壁上所绘剑形，内力便自行按着经脉运行，腹中热气缓缓散之于周身穴道，当下自第一柄剑从头看起，顺着剑形而观，心内存想，内力流动不息，如川之行。从第一柄剑看到第二十四柄时，内力也自"迎香穴"而至"商阳穴"运行了一周。①

石破天听得二人争辩不休，心想："壁上文字的注解如此难法，刚才龙岛主说，他们邀请了无数高手、许多极有学问的人来商量，几十年来，仍是弄不明白。我只字不识，何必去跟他们一同伤脑筋？"

在石室中信步来去，只听得东一簇、西一堆的人个个在议论纷纭，各抒己见，要找个人来闲谈几句也不可得，独自

---

① 金庸：《侠客行》（下），生活·读书·新知三联书店1994年版，第600页。

第五章 丰富的文化内涵

甚是无聊,又去观看石壁上的图形。

他在第二室中观看二十四柄剑形,发觉长剑的方位指向与体内经脉暗合,这第一图中却只一个青年书生,并无其他图形。看了片刻,觉得图中人右袖挥出之势甚是飘逸好看,不禁多看了一会,突然间只觉得右胁下"渊腋穴"上一动,一道热线沿着"足少阳胆经",向着"日月"、"京门"二穴行去。

他心中一喜,再细看图形,见构成图中人身上衣褶、面容、扇子的线条,一笔笔均有贯串之意,当下顺着气势一路观将下来,果然自己体内的内息也依照线路运行。寻思:"图画的笔法与体内经脉相合,想来这是最粗浅的道理,这里人人皆知。只是那些高深武学我无法领会,左右无事,便如当年照着木偶身上线路练功一般,在这里练些粗浅功夫玩玩,等白爷爷领会了上乘武学,咱们便可一起回去啦。"

当下寻到了图中笔法的源头,依势练了起来。这图形的笔法与世上书画大不相同,笔划顺逆颇异常法,好在他从来没学过写字,自不知不论写字画图,每一笔都该自上而下、自左而右,虽然勾挑是自下而上,曲撇是自右而左,然而均系斜行而非直笔。这图形中却是自下而上、自右向左的直笔甚多,与书画笔意往往截然相反,拗拙非凡。他可丝毫不以为怪,照样习练。换作一个学写过几十天字的蒙童,便决计不会顺着如此的笔路存想了。①

再细看马足下的云气,只见一团团云雾似乎在不断向前

---

① 金庸:《侠客行》(下),生活·读书·新知三联书店1994年版,第601—602页。

推涌，直如意欲破壁飞出，他看得片刻，内息翻涌，不由自主的拔足便奔。他绕了一个圈子，向石壁上的云气瞧了一眼，内息推动，又绕了一个圈，只是他没学过轻功，足步踉跄，姿式歪歪斜斜的十分拙劣，奔行又远不如那三个老者迅速。三个老者每绕七八个圈子，他才绕了一个圈子。①

他看了良久，陡觉背心"至阳穴"上内息一跳，心想："原来这些蝌蚪看似乱钻乱游，其实还是和内息有关。"看另一条蝌蚪时，背心"悬枢穴"上又是一跳，然而从"至阳穴"至"悬枢穴"的一条内息却串连不起来；转目去看第三条蝌蚪，内息却全无动静。

忽听得身旁一个冷冷的声音说道："石帮主注目'太玄经'，原来是位精通蝌蚪文的大方家。"石破天转过头来，见木岛主一双照耀如电的目光正瞧着自己，不由得脸上一热，忙道：

"小人一个字也不识，只是瞧这些小蝌蚪十分好玩，便多看了一会。"②

龙岛主轻轻叹了口气，说道："原来这许许多多注释文字每一句都在故意导人误入歧途。可是参研图谱之人，又有哪一个肯不去钻研注解？"石破天奇道："岛主你说那许多字都是没用的？"龙岛主道："非但无用，而且大大有害。倘若没有这些注解，我二人的无数心血，又何至尽数虚耗，数十年苦苦思索，多少总该有些进益罢。"

---

① 金庸：《侠客行》（下），生活·读书·新知三联书店1994年版，第604页。
② 同上书，第607页。

第五章 丰富的文化内涵

木岛主喟然道:"原来这篇太玄经也不是真的蝌蚪文,只不过……只不过是一些经脉穴道的线路方位而已。唉,四十年的光阴,四十年的光阴!"龙岛主道:"白首太玄经!兄弟,你的头发也真是雪白了!"木岛主向龙岛主头上瞧了一眼,"嘿"的一声。他虽不说话,三人心中无不明白,他意思是说:"你的头发何尝不白?"①

这就是金庸叙述的石破天破解集武林精英四十年苦功不能破解的侠客行武功图谱的过程,按这上面说的,石破天可能只要识得一个字就破解不了。

中国古代做学问的方法主要就是注释经典,有一个成语叫作"皓首穷经",上面的"白首太玄经"应该就来源于此吧?

注释经典,阐释先贤的微言大义,肯定是很有意义的,但是中国古代无数的读书人把一生都拘束于其中,真的是皓首穷经,不能不让我们这些后代扼腕叹息。而且这种阐释是否能够完全忠实于原典呢?我们就举与文学有关的例子,比如宋代著名的"千家注杜",这么多家对杜诗的注释都符合杜甫的本意?我们再举与小说有关的例子,曹雪芹家道中落后经常吃了上顿没有下顿,但他的《红楼梦》据说养活了几代人,除了那些不知所谓的、"红学"中众多言之有理的著作,他们从《红楼梦》中发现的都是曹雪芹想讲的?我们凭常识就可以知道不可能。仅从这一点讲,金庸虚构的这个情节自有其合理性。

再来看金庸的封笔之作《鹿鼎记》就更妙了。主人公韦小宝

---

① 金庸:《侠客行》(下),生活·读书·新知三联书店1994年版,第612页。

会写"小"字,"韦"字和"宝"字跟"小"字连一块儿他能认识,《四十二章经》"四十二"他能认识。"韦小宝自小在妓院生长,妓院是最不注重道德的地方;后来进了皇宫,皇宫又是最不讲道德的地方。在教养上,他是一个文明社会中的野蛮人。"① 不知道父亲是谁,可能是满、蒙、汉、回、藏中的任何一族,只不是外国人。他无耻、贪婪、好色、油滑、聪明、好赌,还有有选择的灵活的讲义气,凭着这些,还有听书、看戏得来的一些知识,出入官场、江湖,成为官场第一红人,江湖第一大帮天地会总舵主关门弟子及青木堂香主,第一大教神龙教掌五龙令的白龙使,第一奇人尼姑九难的弟子,第一大美人陈圆圆的女婿,甚至还当了第一大门派千年古刹少林寺的晦字辈"高僧"。最后以大清鹿鼎公、出将入相的身份,带着百万家私和七个如花似玉的老婆"隐居"享清福去了。他曾擒获、击毙满洲第一勇士鳌拜,扑灭神龙教,帮助俄国女皇登基,签订《尼布楚条约》,所有这些,使得被誉为"平生不识陈近南,就称英雄也枉然"的大侠陈近南显得多么可怜、可悲。

　　中国文化向来分为雅文化和俗文化,或者说分为官方文化和民间文化。雅文化和俗文化,正如前面谈到的雅俗文学,它们之间既有区别,又有相互交叉、转换的关系。正确地看待它们,应该是说没有高低之分。一个确实是雅,一个确实是俗,但不见得雅的就是高,俗的就是低,反之亦然。雅有的时候确实是高山流水,令人神往,而有的时候也确实是江郎才尽,令人惋惜,甚至有的时候装模作样,令人作呕。俗有的时候俗不可耐,而有的时候则清新可爱,甚至有时异军突起,带来一番全新的天地。这在

---

① 《金庸散文集·韦小宝这小家伙》,作家出版社2006年版,第245页。

第五章 丰富的文化内涵

文学艺术史上有无数例证,这里就不再赘述。

应该没有人否认金庸在很多地方很有见识,但如果说他很有文化、很有学问可能就会很有争议了。他自己应该也很在意这一点,否则不会高龄了还非要去剑桥读个博士。他读博之后也没有见他想写的历史著作出版,而他当初的《袁崇焕评传》是只能当通俗作品读的。但这些反映在他的武侠小说中,无论是对雅文化的热爱,对俗文化的褒扬,还是对雅文化的揶揄,都很成功,都让我们觉得很过瘾、很有趣。他的封笔之作《鹿鼎记》快结尾时有一个细节很有意思:

> 当晚府中家宴,七位夫人见他笑眯眯的兴致极高,谈笑风生,一反近日愁眉不展的情状,都问:"甚么事这样开心?"韦小宝微笑道:"天机不可泄漏。"公主问:"皇帝哥哥升了你的官吗?"曾柔问:"赌钱大赢了?"双儿问:"天地会的事没麻烦了吗?"阿珂道:"呸,这家伙定是又看中了谁家姑娘,想娶来做第八房夫人。"韦小宝只是摇头。
>
> 众夫人问得紧了,韦小宝说道:"我本来不想说的,你们一定要问,只好说了出来。"七位夫人停箸倾听。韦小宝正色道:"我做了大官,封了公爵,一字不识,实在也太不成样子。打从明儿起,我要读书做文章,考状元做翰林了。"
>
> 七位夫人面面相觑,跟着哄堂大笑。大家知道这位夫君杀人放火、偷抢拐骗,甚么事都干,天下唯有一件事是决计不干的,那就是读书写字。[①]

[①] 金庸:《鹿鼎记》(五),生活·读书·新知三联书店1994年版,第1954页。

第六章 瑰奇的白日梦

第一节 小说与白日梦

这个世界上存在的每一样东西都有其存在的价值。那小说存在的价值是什么呢？

一 求知

人类在地球物种的漫长进化过程中，能够脱颖而出且最终成为地球的统治者，跟其在生存竞争中积淀下来的一种特质密不可分——人类可以共享知识和经验。别的生物可以通过基因把自己在适应环境的过程中获得的特质遗传给后代，而人类不仅可以这样，还可以把自己在生活中获得的众多的知识和体验通过其他途径传递给同类。传递的途径就是读、写和听、说。在有文字以前只是听和说，看今天的原始部落和落后民族通过口耳相传来传承历史、文化、信仰等就可以知道。观察原始部落和落后民族可以帮助我们了解人类的祖先，观察小孩子同样可以做到这一点。小孩子无一例外喜欢听故事,而听故事和讲故事正是人类在物种进化过程中沉积下来的与生俱来的本能。成人不太可能缠着别人讲故事,(有小说以后)也没有这个必要,他可以去看小说。小说里有无数的故事,有各种各样的人生经历,有各方面的知识。正如文化教育落后的年代,普通人对外界和自身的知识,绝大部分不是接受正规教育得来的,而是通过口耳相传、听故事得来的。故事和小说中包含了很多前人的知识和经验,这是人类获取知识、经验的一个重要来源。

二 好奇

好奇是人的天性。人对陌生的事物总是两种态度:恐惧和好奇。两种态度又总是混杂在一起很难分开。而对外界的恐惧很难压制住他对外界的好奇,相反总是好奇心占上风,使他战胜自己的恐惧心理。很多民族的神话传说中都有这么一个故事:一个人到一座神奇的宫殿,里面有很多房间;主人告诉他除了一间房子别的他都可以进,都有各种各样的好东西;严正警告他那间房子坚决不能进,他也答应了;最终他都会无法控制住自己的好奇心,不计后果地去把那扇门打开。这个故事非常说明问题。人类正是有了这种强烈的好奇心,才战胜了他对外界的恐惧,迈出了探索外界的步伐,创造出了我们今天一系列的物质财富和精神财富,否则我们今天可能还待在树上。

小孩子到别人家经常会翻箱倒柜,认为这是很正常的事情,仅是好奇而已。长大以后,知道这样做不对,不礼貌,不这样做了,但他的好奇心并未减少,只是改变了方式。他可以去知识的

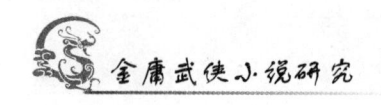

海洋中遨游，去探索人类未知的世界，去大自然中漫游、探险，然而能够这样做的人不是很多，更多的人能够做的是欣赏别人漫游、探险的故事，跟着过瘾。

人们都对东家长西家短的事感兴趣，受过良好教育的人自我抑制，按照一个有教养的文明人的标准不去打听和说这样的事情，于是他就转向去书中寻找逸闻趣事，来满足自己这方面的兴趣。

小说就能满足人们以上两种需求。

三　白日梦

人要成为社会的一员，就必须压抑自己。他得压抑自我，使别人接受自己；他得压抑住自己的各种各样的欲望，使自己的行为符合道德规范。所谓道德规范，就是社会为了维持自身的存在而要求其成员的行为规范。任何人的能力都是有限的，而人的欲望却是无限的，这就注定了他要痛苦。社会越发达，所谓越文明，它的道德规范要求可能就越高，越细密，对其成员自我的压抑可能就越深。人的欲望允许被堂而皇之地表现出来的可能就更少，剩下的只有被压抑进内心隐秘的角落。同时，按我们已知的，社会越发达，主流人群的异化程度越高，越是欲海横流。而社会化程度越高，个人在社会中越是渺小，越是感觉自己的茫然无助。他的愿望更多了，他的痛苦也更大了。人的身体为了适应环境，有一套保护自己的强大的免疫功能。人的意识系统，为了使自己不受伤害，同样有一套强大的自我保护系统，它有各种各样的功能和机制，让自我在环境中生存，精神世界尽量少受创伤。人减轻痛苦，抚慰自己继续生存下去的一种方法就是幻想，

第六章 瑰奇的白日梦

让自己所有的缺憾在虚拟世界中得到满足。他编造一个虚拟世界，在其中改造现实世界，让自己的形形色色的愿望得到满足，哪怕是躲藏在最隐秘角落的，现在都让它在光天化日下得到实现。在幻想中一切都围绕着他转，他是世界的中心。心理学上给这种现象的称谓和我们古人给它的称谓一样，叫作"白日梦"。人在听故事和看小说的时候就有这种白日梦的现象，当他进入了故事或小说的时候，他就成了主人公，在其中叱咤风云，心满意足。当然，前提是讲故事和写小说的人就在白日做梦，在自己创造的世界里君临天下，心想事成，才能给读者也提供一个白日做梦的机会。

我们在前面提到过两部电影《指环王》和《哈利·波特》，看电影的过程就非常像做梦，好莱坞有家大电影公司就叫"梦工厂"。现在电影制作成本非常高，一部大片的起码以亿元（人民币）计，如果是几千万元，人们会说是低成本电影。3D、4D技术让"梦境"越来越逼真。现在的人们利用科技手段白日做梦更普遍的方式是上网，而VR（Virtual Reality，虚拟现实）技术的发展使得梦境越来越逼真。

当初电影刚出现的时候，有所谓的社会学家预言小说将会消失；当电视被发明时，他们又预言电影将消失。现在电影诞生一百多年了，电视也近百年，谁也没有消失，反而都有了巨大的发展。现在没再听见这样的社会学家的预言，而人们上网除了打游戏、购物、聊天、写博客、发朋友圈、看电影、看电视，还有一个主要内容就是看小说。

已故的性心理学家英国的蔼理士说，有相当大一部分的未婚青年男女会做性爱的白日梦，而其中一部分男女即使在结婚以后，性爱的白日梦仍然会持续，甚至妨碍到正常的生活。① 蔼理士讨论的是性心理学，但他针对的并非特殊人群，而是普通大众，也就是我们每个人。

  白日梦的方式也不止一种，而其主要的方式可以叫做"连环故事"的方式……所谓连环故事是一篇想象的小说似的东西，情节大抵因人而异……故事的开端总是书本里看到的或本人经验里遇到的一件偶然的事，而大抵以本人遇到的为多；从此逐渐推演，终于扯成一篇永久必须"且听下回分解"的故事，而要紧的是故事中的主角一百个里有九十九个是本人自己。故事的发展与闲静的生活特别有关系，就枕以后，入睡以前，对于编排连环故事的人是最神圣的一段光阴，绝对不容别人打搅。②

同已故的和蔼理士同为世界两大性心理学权威的奥地利的弗洛伊德，自从一百多年前他的学说诞生，就遭到人们的普遍诟病，最大的原因就是他的"泛性论"。虽然批评他的是大多数，但人们也不得不承认是他打开了一扇大门，让我们去认识以前虽渴望却几乎无法了解的自身隐秘的内心世界——梦境、潜意识、无意识。更不用说他以一个科学家的角度，以自己亲身的实践给我们提供了一条全新的认识、研究文学艺术的途径。

---

  ① 参看［英］蔼理士《性心理学》"第三章 第三节 性爱的白日梦"，潘光旦译注，生活·读书·新知三联书店1987年版。
  ② ［英］蔼理士：《性心理学》，潘光旦译注，生活·读书·新知三联书店1987年版，第125—126页。

第六章　瑰奇的白日梦 ●●●

作家的所作所为与玩耍中的孩子的作为一样。他创造出一个他十分严肃地对待的幻想的世界——也就是说，他对这个幻想的世界怀着极大的热情——同时又把它同现实严格地区分开来……当人们长大以后，他们停止了游戏，他们好像也放弃了从游戏中获得的快乐。但是无论谁，只要他了解人类的心理，他就会知道让一个人放弃他曾经体验过的快乐几乎比任何事情都困难。事实上，我们从来不可能丢弃任何事情；我们只不过把一件事情转换成另一件罢了。似乎是抛弃了的东西实际上是被换上了一个代替物或代用品。同样，长大了的孩子在他停止游戏时，他只是抛弃了与真实事物的联系；他现在用幻想来代替游戏。他在空中建筑城堡，创造出叫作白日梦的东西来……我们肯定一个幸福的人从来不会幻想，幻想只发生在愿望得不到满足的人身上。幻想的动力是未被满足的愿望，每一个幻想都是一个愿望的满足，都是一次对令人不能满足的现实的校正。[①]

你一定还记得我在前面论述了白日梦者因为觉得他有理由为他的幻想感到害羞，便小心翼翼地在别人面前掩藏自己的幻想。现在我应该补充说，即使他把这些幻想告诉我们，他泄漏出来的东西也不会使我们感到快乐。当我们听到这些幻想时，我们会发生反感，至少是不感兴趣。但是，当一个作家把他的戏剧奉献给我们，或者把我们认为是他个人的白日梦告诉我们时，我们就会感到极大的快乐，这个快乐可能

[①] 《弗洛伊德论美文选·作家与白日梦》，张唤民、陈伟奇译，知识出版社1987年版，第29—32页。

由许多来源汇集而成。作家如何完成这一任务，这是他内心深处的秘密；诗歌艺术的诀窍在于一种克服我们心中的厌恶的技巧，这种厌恶感无疑跟单一"自我"与其他"自我"之间的隔阂有关。我们可以猜测发挥这个技巧的两种方式：其一，作家通过改变和伪装他的利己主义的白日梦以软化它们的性质；其二，在他表达他的幻想时，他向我们提供纯形式的——亦即美学的——快乐，以取悦于人。我们给这类快乐取了个名字叫"直观快乐"（fore-pleasure）或"额外刺激"（incentive bonus）。向我们提供这种快乐是为了有可能从更深的精神源泉中释放出更大的快乐。我认为，一个作家提供给我们的所有美的快乐都具有这种"直观快乐"的性质，富有想象力的作品给予我们的享受来自我们精神紧张的解除。甚至可能是这样：这个效果不小的一部分是由于作家使我们从作品中享受到自己的白日梦，而不必自我责备或感到羞愧。①

这里又让我们回到了前面提到过几次的问题：小说该如何写？小说该表现什么？作家在小说中该如何表达？小说该直视现实揭开我们的伤疤，还是改造现实满足我们在生活中无法实现的梦想？

还是我们前面的回答，这两种做法都可以，且没有高低之分，只看具体作品呈现出来的样子。

你愿意直视现实，理智地认识世界，冷静、清醒地面对它，通过小说也是这样，甚至"把有价值的东西毁灭了给人看"，很好。你愿意暂时摆脱现实，到一个如梦如幻的小说世界中驰骋、

---

① 《弗洛伊德论美文选·作家与白日梦》，张唤民、陈伟奇译，知识出版社1987年版，第37页。

第六章 瑰奇的白日梦

遨游，把在生活中压抑、无法满足的梦想通通实现，也很好。其实无论对于作者还是读者，这两种态度应该都同时存在于他的心中，只是比重不同。只有一种态度的应该少之又少。因为只有前者的，从表面看，太累了，会崩溃的。而只有后者的，正如蔼理士所说，他会逐渐失去适应生活的能力。① 但对于前者，无论是创作还是阅读，也一定有快感，否则难以想象。"也有人认为，每一种痛苦之中都包含了快感的可能性。"② 我们不是心理学家，但我们很多人都能以自身的经验证明这个判断的可能性。只是在具体的创作、阅读实践中，每个人会有自己的偏好。倾向于前者的，在生活中会是一个偏理性的人；倾向于后者的，在生活中会是一个偏感性的人。实际的生活我们知道是很复杂的，没有大量的接触，很难知道一个人偏理性还是偏感性，而对于有些复杂的人物来说，也很难说清他是偏理性还是偏感性。但正如弗洛伊德所说，人的兴趣是很难强迫和改造的，同时也正是他内心世界的反映。所以，研究小说中特征明显的白日梦，对研究作家和作品都是很有帮助的。

第二节 写情圣手

金庸第一部小说《书剑恩仇录》写陈家洛和香香公主的生离，把那种撕心裂肺的痛写得很深刻。第二部小说《碧血剑》写金蛇郎君和温仪的爱情也写得很好，写祖大寿见到袁承志那一节

---

① 见［英］蔼理士《性心理学》，潘光旦译注，生活·读书·新知三联书店1987年版，第129页。
② 《弗洛伊德文集》，王嘉陵、陈基发编译，东方出版社1997年版，第394页。

也是极为感人。《连城诀》中丁典对他爱情故事的叙述和《笑傲江湖》中描叙的仪琳对令狐冲的爱同样让人泪下。最后一部小说《鹿鼎记》中写韦小宝对陈近南和康熙帝的感情笔墨虽少，却颇为成功。尤其是《神雕侠侣》中杨过对小龙女的苦苦思念，一路"黯然销魂掌"的描写，真是令人荡气回肠，潸然泪下。金庸被人们称为"写情圣手"，确实如此。

> 古人男女风怀恋慕，只凭一言片语，便传倾心之意。
> 胡斐听了此言，心中狂喜，说道："胡斐终生不敢有负。"
> 苗若兰道："我一定学你妈妈，不学我妈。"①

> 小昭道："在光明顶上那山洞之中，我就已打定了主意，你到哪里，我跟到哪里。除非你把我杀了，才能撇下我。你见了我讨厌，不要我陪伴么？"②

生活中有很多水性杨花的女人，但更多的是一言以定终生，无论艰难困苦，生死不渝的女人。金庸上面这两段文字写来很让人感动，遗憾的是，故事中苗若兰和胡斐没有下文，而小昭和张无忌不可能有下文。

细品起来，就会发现金庸写杨过和小龙女在一起时的两情相悦远不如写分别后杨过的苦苦相思写得好。再拿别的作品一比较，就会发现这个问题普遍存在。同时还会发现另一个问题：杨过会让对他很冷漠的小龙女爱上他，黄蓉因感激而对郭靖生情，

---

① 金庸：《雪山飞狐》，生活·读书·新知三联书店1994年版，第211页。
② 金庸：《倚天屠龙记》（三），生活·读书·新知三联书店1994年版，第1072页。

第六章 瑰奇的白日梦

令狐冲因感激而决定爱任盈盈，王语嫣因为表哥不要她而她又感激段誉就接受了段誉的痴情，深爱郑克爽的阿珂因为韦小宝强奸了她就"爱"上了韦小宝，都来得很牵强。只是金庸是个大手笔，掩饰得很好，不细品难以发觉。相比之下，《书剑恩仇录》中的余鱼同对骆冰，《飞狐外传》中胡斐对袁紫衣，《白马啸西风》中李文秀对苏普，《连城诀》中狄云对戚芳，《笑傲江湖》中令狐冲对岳灵珊，都深爱对方而得不到对方的爱，才真实感人。《鸳鸯刀》和《侠客行》中男女主人公的爱情也差点没有结果，最后金庸手下留情，才成全了他们。《倚天屠龙记》中张无忌和赵敏的两情相悦算写得比较成功的，可张无忌前有被朱九真愚弄，后有周芷若在其中捣乱，殷离又只爱她记忆中的张无忌，更有一个他深爱的小昭远赴异乡，永世不得相见，不免有了很多缺憾。再说前面提到的那些写得牵强的情爱，杨过的苦恋就不说了，黄蓉离去时，郭靖对她的刻骨相思，段誉对王语嫣欲罢不能、神为之夺的痴恋，写得一唱三叹，感人肺腑。金庸道家思想的代表人物令狐冲，对爱上林平之的小师妹爱得痛彻心扉：

仪琳道："他说见到一场喜事，你从前的师父招女婿……"突然之间，只见令狐冲脸色大变，她心下惊恐，便停了口。

令狐冲喉头哽住，呼吸艰难，喘着气道："你说好啦，不……不要紧。"听到自己语音干涩，几乎不像是自己说的话。……

仪琳凄然道："我见到你伤心的……伤心的模样，令狐大哥，你如要哭，就……就哭出声来好了。"

令狐冲哈哈一笑，道："我为甚么要哭？令狐冲是个无行浪子，为师父师娘所不齿，早给逐出了师门。小师妹怎会……怎会……哈哈，哈哈！"纵声大笑，发足往山道上奔去。

这一番奔驰，直奔出二十余里，到了一处荒无人烟的所在，只觉悲从中来，不可抑制，扑在地下，放声大哭。①

令狐冲是金庸道家大侠的代表，他不畏强暴、率性而为、任意所之，是污浊世间的一名卓立不凡、不受拘束的奇男子。但是当他面对爱情时，也和尘世间的其他凡人一样不能自拔，或者说，由于真性情，他更加深陷其中，难以自拔。面对青城派的"英雄豪杰"，他提供"屁股向后平沙落雁式"；面对嵩山派的"正派"大侠，他直接表示不屑；面对被正邪双方同时围攻的向问天，因为倾慕，他直接上前结交；面对"天下第一高手"东方不败，他直接出言污辱；面对任我行以无量前途引诱和以死相胁，他选择死。面对天大的问题，他都是如此的潇洒，可是，面对爱情就潇洒不起来。也许正应了古人的一句话"英雄难过美人关"，但是对于他关键不是美人，而是情。正是因为他真纯的性情，所以难过情关。

对付盈盈，他可立刻聪明起来，这时既无话可说，最好便是甚么话都不说，但更好的法子，是将她心思引开，不去想刚才的事，当下慢慢躺倒，忽然轻轻哼了一声，显得触到背上的伤痛。②

---

① 金庸：《笑傲江湖》（四），生活·读书·新知三联书店1994年版，第1237—1238页。
② 同上书，第1344页。

第六章　瑰奇的白日梦

这里就是作者金庸内心认定令狐冲不爱盈盈的明证。而他写令狐冲爱岳灵珊写得是多么的痛啊。

> 令狐冲见到她这等神情，心想："能见到她这般开心，不论多大的艰难困苦，也值得为她抵受。"
>
> 忽然之间，岳灵珊唱起歌来。令狐冲胸口如受重击，听她唱的正是福建山歌，听到她口中吐出了"姊妹，上山采茶去"的曲调，那是林平之教她的福建山歌。当日在思过崖上心痛如绞，便是为了听到她口唱这山歌。她这时又唱了起来，自是想着当日与林平之在华山两情相悦的甜蜜时光。
>
> ……
>
> 令狐冲抱着岳灵珊的尸身，昏昏沉沉的迈出了十余步，口中只说："小师妹，你别怕，别怕！我抱你去见师娘。"突然间双膝一软，扑地摔倒，就此人事不知了。[①]

金庸把单恋的个中三昧写得淋漓尽致，不愧为"写情圣手"。那么，为什么会这样呢？

第三节　金庸圆梦

有些话说得很烂，但是很对，比如"文学艺术来源于生活"。小说创作必须充分发挥想象，但是想象必须有依托，完全没有来源的东西作者是无法想象的。按照这个逻辑，前面我们说金庸小说中

[①] 金庸：《笑傲江湖》（四），生活·读书·新知三联书店1994年版，第1406—1407页。

两情相悦远没有单相思写得好,说明他在生活中两情相悦远没有单相思体会得深。那我们看看这个推理是否有成立的可能呢?

金庸一生有三段婚姻。

>一九四八年　二十四岁
>
>……
>
>十月二日,与杜冶芬在上海国际礼拜堂举行婚礼。①
>
>一九五三年　二十九岁
>
>……
>
>约是年,与杜冶芬离婚。②
>
>一九五六年　三十二岁
>
>……
>
>五月一日,与朱玫结婚。③
>
>一九七六年　五十二岁
>
>……
>
>十月……与朱玫正处离婚期间。④
>
>一九七八年　五十四岁
>
>……
>
>是年或前后,与林乐怡结婚。⑤

应该是基于我们的史官文化,中国传统文艺批评有一个缺

---

① 严晓星:《金庸识小录·金庸年谱简编》,中华书局2012年版,第154页。
② 同上书,第156—157页。
③ 同上书,第159页。
④ 同上书,第185页。
⑤ 同上书,第186—187页。

第六章 瑰奇的白日梦

点,就是过于把作品的内容拿来和现实套,认为和现实生活基本上都能对应。以现在的观点来看,这肯定是不对的。但我们前面说了,文学艺术来源于生活,生活中没有来源的东西是无法想象的,所以,我们研究作品一定要联系作者的生活,但又不能拘泥。而这就很难把握尺度了。在实践中该如何操作呢?

对于白日梦特征明显的小说,抓住这个特征来进行研究,就成为一种有效的途径。

本书研究的文本是 1994 年三联版的《金庸作品集》,而该版本的作品于 1955 年开始写作,1972 年全部写完,1980 年修订完毕。1959 年他和沈宝新创立了《明报》,《神雕侠侣》在创刊号上开始连载。[①] 也就是说他的第二段婚姻生活(1956—1976 年)和他的武侠小说创作、《金庸作品集》完成,以及他的《明报》初创到成为一个报业帝国的时间大致重合。当然,这里肯定不是说他的武侠小说只跟他的第二任妻子朱玫有关,因为这肯定是不可能的。

在第二次婚姻的时间段里,他曾在长城影业公司工作,据说曾追求过长城影业公司的当家花旦夏梦。"金庸对这件往事一直都没有提起,但在他的小说里,不难看到夏梦的影子。像'射雕'里的黄蓉,'神雕'里的小龙女,《天龙八部》中的王语嫣,无论一颦一笑,都跟夏梦相似。"[②] "他对情感生活向来讳莫如深,这件事也没有听到他本人的任何说法,但他的老朋友、老同事都隐隐约约,没有否认,该不是空穴来风,内情只有他最清楚。"[③]

[①] 参看严晓星《金庸识小录·金庸年谱简编》。
[②] 沈西城:《金庸与倪匡》,转引自傅国涌《金庸传》,浙江人民出版社 2013 年版,第 111 页。
[③] 傅国涌:《金庸传》,浙江人民出版社 2013 年版,第 111 页。

"他离开'长城'、自办《明报》后，对夏梦的关注也是异乎寻常……《明报》为一个女明星开旅行记专栏还是第一次，以后似乎也未见……《明报》社评向来评述社会大事、国际风云，为一个女明星送行，这是仅有的一次破例。夏梦去国，《明报》依然关注她的一举一动……直到 1978 年夏梦才组建了青鸟电影公司，投拍第一部电影，由许鞍华执导，电影片名《投奔怒海》就是夏梦特地请金庸改出来的，大概在 1982 年。"[1] 他们的具体关系我们无从得知，但金庸对夏梦一往情深毋庸置疑，而他们的关系很好应该也没有问题。我们不作什么道德评判，作道德评判也没有什么意义。他的第一次婚姻失败是因为妻子的背叛[2]，第二次婚姻结束是因为他自己出轨以后的第三任妻子[3]。我们说作道德评判没有什么意义，因为我们大家都是人，都有七情六欲，我们没有听到当事的被损害的一方发出的谴责声，并且她也接受了这个事实，而过错方也表示了真诚的道歉，[4] 我们这些外人就不好妄加评论了。

> 朱玫很能干，对工作很认真，甚至有点固执，两人时常因为工作大吵，或许伤了查的自尊心，于是出现了婚外情。[5]

他的第一部小说男主人公的生活中就出现了两个女人，而且是亲姐妹。前面我们讲了陈家洛和喀丝丽的生死恋情，可陈家洛

---

[1] 傅国涌：《金庸传》，浙江人民出版社 2013 年版，第 111—113 页。
[2] 同上书，第 307 页。
[3] 同上书，第 309—312 页。
[4] 同上。
[5] 石贝：《我的老板金庸》，转引自傅国涌《金庸传》，浙江人民出版社 2013 年版，第 308—309 页。

第六章　瑰奇的白日梦

和霍青桐的关系也非常深，让他非常苦恼，难以取舍。金庸安排他非常苦恼，而且把两个女人安排为亲姐妹，不论有意无意，都能说明一定的问题。书上有这么一段话：

"……唉，难道我心底深处，是不喜欢她太能干么？"想到这里，矍然心惊，轻轻说道："陈家洛，陈家洛，你胸襟竟是这般小么？"又过了半个时辰，月光缓缓移到香香公主的身上，他心中在说："和喀丝丽在一起，我只有欢喜，欢喜，欢喜……"①

主人公自己说不喜欢对方太能干。

《射雕英雄传》中的天下第一高手王重阳虽然从未正式出现过，但到《神雕侠侣》还在追叙他的爱情故事。这个几近完美的大高手爱情却没有结果，以致住进"活死人墓"，终生痛苦，书中解释的原因就是双方都太强，互相争竞，导致琴瑟不谐。《雪山飞狐》和《飞狐外传》中"打遍天下无敌手"的苗人凤遭遇妻子的背叛，书中归结为苗人凤拙嘴笨舌，而据说金庸本人也是拙嘴笨舌。《倚天屠龙记》中的"蝶谷医仙"胡青牛和妻子婚姻不谐也是因为相互争竞。《鸳鸯刀》中的林玉龙、任飞燕夫妇本来会一套几乎无敌于江湖的"夫妻刀法"，但因为一个不肯听一个的，根本使用不了，反而一天互相打打杀杀。《连城诀》中的狄云没能和师妹好上，可能也有一个原因就是和《飞狐外传》中的徐铮与师妹不幸福的一个潜在原因一样：不能让师妹。《天龙八

---

① 金庸：《书剑恩仇录》（下），生活·读书·新知三联书店1994年版，第656—657页。

部》中的赵钱孙痴恋师妹，多年后才知道输给谭公的唯一原因是做不到打不还手。《侠客行》中白自在、史小翠夫妇闹矛盾，几乎弄得雪山派完蛋的一个重要原因就是两人争高低。还有梅芳姑痴恋石清，不明白为什么自己处处比闵柔强而石清却不选择自己，也是多年后才从石清口中得知就是因为自己太强了，比他都强。《笑傲江湖》中医仙的老婆变得"面目可憎、言语无味"。《鹿鼎记》主人公变成有一堆老婆。

　　金庸在和朱玫结婚之前应该就和夏梦认识，而且当时夏梦应该也还没有结婚。[①] 前面我们说过，第二部小说《碧血剑》对温仪的描写和喀丝丽很像，都是非常的美丽、纯洁、天真、善良，写作时间紧挨着的《雪山飞狐》中的苗若兰其实也是这样。下一部是《射雕英雄传》，女主角就是前面引文中说无论一颦一笑都像夏梦的金庸笔下的三大美女之一的黄蓉。在"人物描写"那一节我们说金庸对她和王语嫣的外形描写相似，但内在她们根本不同。黄蓉虽然古灵精怪，但有她很可爱的一面。而像王语嫣这样的人在现实生活中，除了她的色相，很难让人看出她还有什么可爱的地方。我们这样说过的还有小龙女。而她俩就是前面说过的像夏梦的三大美女中的另外两个。

　　　　小龙女本来对谁都是冷冷的不大理睬，但听杨过夸赞郭襄，说她为自己夫妇祝祷重会，又不顾性命的跃下深谷，来求杨过不可自尽，对她也便不同。[②]

[①] 参看傅国涌《金庸传》"第六章　电影编剧"，浙江人民出版社2013年版，以及严晓星《金庸识小录·金庸年谱简编》，中华书局2012年版。

[②] 金庸：《神雕侠侣》（四），生活·读书·新知三联书店1994年版，第1524页。

第六章 瑰奇的白日梦

如果小龙女真的很像夏梦，夏梦作为电影明星，应该不可能"对谁都是冷冷的不大理睬"，那应该只是给金庸个人的感受了。如果给金庸个人的感受是热情似火，那前面引的"金庸年谱简编"可能就要重写了。而前面说的喀丝丽、温仪、苗若兰这三个天使般的形象，更多的应该出自金庸的想象。

他的第一部小说《书剑恩仇录》的主人公和他一样是浙江海宁人，面目却不清楚。说了和福康安很像，但对后者外貌描写也很少。

> 到了灵隐，忽然迎面来了数人，当先一人面如冠玉，身穿锦袍，相貌和陈家洛十分相似，年纪也差不多，秀美犹有过之，只是英爽之气远为不及。①

到《飞狐外传》对福康安也只有这样的描写：

> 只居中一位青年公子脸如冠玉，丰神俊朗，容止都雅，约莫三十二三岁年纪，身穿一件宝蓝色长袍，头戴瓜皮小帽，帽子正中缝着一块寸许见方的美玉。②

第二部小说对主人公袁承志有这样的描写：

> 原来画中肖像竟然似足了他自己，再定神细看，只见画中人身穿沔阳青长衫，系一条小缸青腰带，凝目微笑，浓眉

---

① 金庸：《书剑恩仇录》（上），生活·读书·新知三联书店1994年版，第249页。
② 金庸：《飞狐外传》（上），生活·读书·新知三联书店1994年版，第80页。

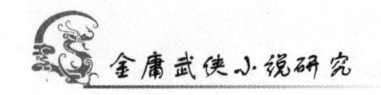

大眼，下巴尖削，可不是自己是谁?①

金庸年轻时的照片（来源：百度图片）

他的成名作《射雕英雄传》对主人公郭靖外貌描写很少，大致是这样：

  那人吃了一惊，手腕急翻，退开三步，瞧见一个粗眉大眼的少年仗剑挡在窝阔台的身前。②

---

① 金庸：《碧血剑》（下），生活·读书·新知三联书店1994年版，第594页。
② 金庸：《射雕英雄传》（一），生活·读书·新知三联书店1994年版，第225页。

第六章 瑰奇的白日梦

但是他在小说外说了很多有关郭靖的话：

> 写郭靖时，我对文学还了解不深，较多地体现自己心目中的理想人格。如果说有自己的影子的话，那可能指我的性格反应比较慢，却有毅力，锲而不舍，在困难面前不后退。我这个人比较喜欢下苦功夫，不求速成。①

对于姊妹篇中的大美男杨过的外貌他是这样描写的：

> 郭襄眼前登时现出一张清癯俊秀的脸孔，剑眉入鬓，凤眼生威，只是脸色苍白，颇形憔悴。②

《射雕》三部曲的第三部《倚天屠龙记》的主人公张无忌也是个大美男，但大多数读者似乎对这一点没多少印象，主要是这个人物塑造得远没有杨过吸引人。

> 赵敏危急中得人相救，身子被抱在一双坚强有力的臂膀之中，犹似腾云驾雾般上了庙顶，转过头来，耀眼阳光之下，只见那人浓眉俊目，正是张无忌。③

唯一的中篇《鸳鸯刀》的男主人公袁冠南的外貌是这样的：

---

① 严家炎：《金庸谈读书及小说、电影创作》，转引自傅国涌《金庸传》，浙江人民出版社2013年版，第114页。
② 金庸：《神雕侠侣》（四），生活·读书·新知三联书店1994年版，第1349页。
③ 金庸：《倚天屠龙记》（四），生活·读书·新知三联书店1994年版，第1232页。

萧中慧向他扫了一眼，只见他长脸俊目，剑眉斜飞，容颜间英气逼人，心中一跳，忙低下头去。①

唯一的短篇《越女剑》的男主人公范蠡没有面部描写。《白马啸西风》没有男主人公，那就不说了。

《天龙八部》主人公之一的萧峰，是金庸小说中最让人景仰的大侠，他的外貌描写我们在第一章就引用过。

西首座上一条大汉回过头来，两道冷电似的目光霍地在他脸上转了两转。段誉见这人身材甚是魁伟，三十来岁年纪，身穿灰色旧布袍，已微有破烂，浓眉大眼，高鼻阔口，一张四方的国字脸，颇有风霜之色，顾盼之际，极有威势。②

最受景仰的是萧峰，最潇洒的是杨过和令狐冲。

床上那人虽然双目紧闭，但长方脸蛋，剑眉薄唇，正便是昨日回雁楼头的令狐冲。③

郭靖的外貌描写很少，其实金庸小说主人公的外貌描写都很少。心理层面的原因不说，从叙事学的角度来说，他的小说叙事者一般比较单一，绝大部分时候叙事者都是主人公，以主人公的眼睛来看眼前的这个武侠世界，从主人公的角度来述说这个武侠

---

① 金庸：《雪山飞狐·鸳鸯刀》，生活·读书·新知三联书店1994年版，第254—255页。
② 金庸：《天龙八部》（二），生活·读书·新知三联书店1994年版，第531页。
③ 金庸：《笑傲江湖》（一），生活·读书·新知三联书店1994年版，第175页。

第六章 瑰奇的白日梦

故事，而小说中的主人公很少反观自己的外貌。

写作方法上最像西方小说的《雪山飞狐》是个特例，主人公只是分量相近的几个叙事者之一，但对他的外貌描写是这样的："苗若兰见这人满腮虬髯，根根如铁，一头浓发，却不结辫，横生倒竖般有如乱草，也是一惊。"① 实际上面目是不清楚的。《飞狐外传》中的胡斐几乎没有外貌描写，或者说也是面目看不清楚。面目不清的还有《连城诀》中的狄云，《侠客行》中的石破天。要说外貌描写和金庸不像的可能就只有韦小宝。

最有意思的是从人物内在特点来看，最像金庸的段誉，出身高贵，饱读诗书，正直、善良，几乎不会武功，他对王语嫣从单相思到终成眷属，应该说是圆了金庸的"梦"。

> 段誉道："我爹爹四方脸蛋，浓眉大眼，形貌甚是威武，其实他的性子倒很和善……"说到这里，心中突然一凛："原来我相貌只像我娘，不像爹爹。这一节我以前倒没有想到过。"②

不知是有意还是无意，金庸对他的长相作了一个处理。他父亲段正淳浓眉大眼，国字脸，而他和父亲长相不同，是瓜子脸，因为他是母亲和段延庆生的，这就欲盖弥彰了。

有一个细节在金庸小说中普遍地存在。《碧血剑》中的袁承志和阿九（从小说的描写看，温青不配袁承志，阿九才是他理想的爱人，且温仪和金蛇郎君曾同处一山洞内外），《雪山飞狐》中

---

① 金庸：《雪山飞狐》，生活·读书·新知三联书店1994年版，第134页。
② 金庸：《天龙八部》（五），生活·读书·新知三联书店1994年版，第1814页。

胡斐和苗若兰,《侠客行》中的石破天和阿绣,《笑傲江湖》中的令狐冲和仪琳（令狐冲痴恋的是岳灵珊,可仪琳在金庸笔下是多么美丽、纯洁、痴情,更何况后面还有令狐冲和任盈盈很尴尬地并排躺在涧边）,《鹿鼎记》中的韦小宝和沐剑屏、方怡（韦小宝这个流氓比较特殊）,都曾并排躺在一张床上。《射雕英雄传》中的郭靖、黄蓉曾独处密室几天几夜。《神雕侠侣》中的杨过和小龙女,前有并排挤在一口棺材之中,后又赤身露体隔花墙并排而卧,且杨过和陆无双曾共寝一铺炕。《飞狐外传》中胡斐和袁紫衣曾深夜共处一座破庙,《鸳鸯刀》中的袁冠南和萧中慧曾躲在一幅帷幕中,《连城诀》中的狄云和水笙曾几个月睡在一个小山洞的洞内、洞外,《倚天屠龙记》中的张无忌赵敏前面曾共处小铁牢,后面一起躲在一只大皮鼓中,《天龙八部》中的段誉在枯井里被王语嫣抱在怀中,《白马啸西风》的主人公李文秀虽然是个女人,但也有过爱人睡在离自己不远处这种情景。以上景况,按书中描写大都比较尴尬,且至少有一方心猿意马,但又被外界打扰和内心约束而没有继续发展。他的第一部小说《书剑恩仇录》的主人公陈家洛和香香公主曾共宿于一块大石下,且余鱼同（谐音"与余同",同是江南世家）和他单恋的有夫之妇骆冰曾共处芦苇丛中,并曾狂吻过她,结果挨了一巴掌。一个细节如此雷同地出现在一个造诣颇深的小说家的每一部作品中,不能不引人注意。弗洛伊德曾说过,特征鲜明的细节和情绪一样是解开梦的钥匙。

第一部小说中的余鱼同狂吻他单恋的骆冰,挨了一巴掌,到了中后期的《天龙八部》,主人公之一的虚竹（金庸故意把他相貌处理得比较丑陋:方头大耳,鼻孔朝天）和"梦姑"同处冰

第六章 瑰奇的白日梦

窟，风光无限，应该是圆了以上的这个梦，而金庸对"梦姑"长相作了特殊处理。她的面目一直是看不见的，隐蔽的，这不是很说明问题吗？和前面提到的好几部小说的男主人公一样，写成张"看不见的脸"，再加上把"梦郎"的脸写得丑陋，说明金庸在"梦"中也在抑制。弗洛伊德在《梦的释义》中告诉我们，人内心的欲望在梦中并不会被原样完全释放，梦是有检查机制的，在白天起作用的道德约束在梦中照样起作用。不被道德允许的欲望只有通过变形，伪装自己，才能在梦中堂而皇之地出现。所以我们的梦显得千奇百怪、光怪陆离，千百年来困扰着我们，让我们看不清真相，让我们所知道的语言都有一个词：梦幻。弗洛伊德的伟大贡献之一就在于给我们提供了两把解开梦的秘密的钥匙。

我们对金庸小说中的情绪、感情已经做了很多的分析，而对于前面这个特征鲜明的细节我们没有更多的佐证，在此只能猜测，也许它来源于生活中一次刻骨铭心的经验，当然，更有可能的是，只是来源于作者的想象。

> 我们说性爱的白日梦，因为尽管不带性情绪的色彩的白日梦很多，不过，无论此种色彩的有无，白日梦的根源怕总得向性现象里去寻找……①

金庸出生于传统旧式家庭，又从小接受了西方文化，他既受传统道德的影响，又敢于质疑、挑战传统道德。当然，这里不是指他有三次婚姻，因为我们的传统道德不仅允许这个，还支持一

---

① ［英］蔼理士：《性心理学》，潘光旦译注，生活·读书·新知三联书店1987年版，第128页。

夫多妻。

表面上，金庸在传统文化儒释道三家中受道家影响最小，但他小说中倾注感情最多的却是道家大侠杨过和令狐冲。他说过最渴望自由，也许是这一点让他和道家找到了契合点，同样和追求自由的西方文化找到了契合点。

他塑造的杨过，身世凄苦，历经坎坷，对小龙女爱得死去活来。而他把杨过爱情的主要障碍设置为传统道德，具体人物主要就是儒家大侠郭靖和妻子黄蓉，主要执行人是黄蓉，几次让杨龙二人生离死别。他把杨过塑造为一个泼命的追爱者，不惜与整个社会（主要是汉族社会）抗争，最后失去一条手臂，煎熬十六年，终成正果。他这样处理一定有他的想法。他在《神雕侠侣》"后记"中写道："'神雕'企图通过杨过这个角色，抒写世间礼法习俗对人心灵和行为的拘束。礼法习俗都是暂时性的，但当其存在之时，却有巨大的社会力量。师生不能结婚的观念，在现代人心目中当然根本不存在，然而在郭靖、杨过时代却是天经地义。然则我们今日认为天经地义的许许多多规矩习俗，数百年后是不是也大有可能被人认为毫无意义呢？"但他的"今日认为天经地义的许许多多规矩习俗"指的是什么，后文却没有提及。

到了令狐冲，他和整个社会（特指"正派"社会，之所以说是"整个社会"，正如前面讨论杨过时所说，因为这是他们从小置身于其中的社会，或者说这是他们隶属的社会）抗争的主要不是爱情，或者说就不是爱情，因为前面说过他真正爱的是小师妹，他抗争的正是这个"正派"与"邪派"之分，或者说是哲学的抗争，是世界观、人生观、价值观的抗争。饱经创伤，最后，由于他的道家思想，或者说正是从他身上反映的道家思想：世上

第六章　瑰奇的白日梦

没有绝对的是非、善恶之分，在一定的条件下，它们都是可以互相转化的，令他在西湖梅庄过上了神仙般的日子。道教不讲来生，只追求今生的"寿与天齐、仙福永享"，所以著名道士葛洪的《神仙传》中的神仙都是年寿很高，身体远比一般人好，然后好多还有几个美貌的少妾。任盈盈在这本书中，在令狐冲心中，或者说在金庸心中到底是个什么位置呢？金庸在《笑傲江湖》的"后记"中写道："本书结束时，盈盈伸手扣住令狐冲的手腕，叹道：'想不到我任盈盈竟也终身和一只大马猴锁在一起，再也不分开了。'盈盈的爱情得到圆满，她是心满意足的，令狐冲的自由却又被锁住了。"《笑傲江湖》是金庸的倒数第二部作品，看来他的想法和写《神雕侠侣》时是有很大变化了（《神雕侠侣》写于1959—1961年，"后记"写于1976年，《笑傲江湖》写于1967—1969年，"后记"写于1980年）[1]。当然，更有可能的是他的想法并没有多大变化，而是境遇改变了：

一九七六年　五十二岁

……

十月……与朱玫正处离婚期间。[2]

一九七八年　五十四岁

……

是年或前后，与林乐怡结婚。[3]

---

[1] 见严晓星《金庸识小录·金庸年谱简编》，中华书局2012年版。
[2] 同上书，第185页。
[3] 同上书，第186—187页。

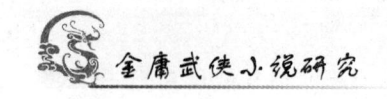

弗洛伊德在《梦的释义》中还告诉我们，在梦的机制中，人的欲望和道德的检查总是在斗争，此消彼长，彼消此长，有时候欲望占上风，有时候道德占上风。无论如何，二者总会在梦中取得一种平衡。

我们用释梦的理论来解释白日梦色彩明显的小说，看样子还是说得通的。

心理学上有个说法，即每个人都试图证明自己是最适应这个世界的。所以每个人也都要对自己的失败作出一个"合理的"解释，起码是给自己一个解释。

《神雕侠侣》之后的《倚天屠龙记》，少年张无忌在蝴蝶谷曾被殷离痴恋，后在昆仑山又痴恋朱九真（痴恋成年后的他的小昭，据调查是金庸小说最受中国男性读者喜爱的女性形象之一）。殷离深爱少年张无忌，而他却讨厌她；他痴恋朱九真，却被她玩弄。

> 张无忌听得朱九真的娇笑之声远远传来，心下只感恼怒，五年多前对她敬若天神，只要她小指头儿一指，就是要自己上刀山、下油锅，也是毫无犹豫，但今晚重见，不知如何，她对自己的魅力竟已消失得无影无踪。张无忌只道是修习九阳真经之功，又或因发觉了她对自己的奸恶之故，他可不知世间少年男子，大都有过如此胡里胡涂的一段初恋，当时为了一个姑娘废寝忘食，生死以之，可是这段热情来得快，去得也快，日后头脑清醒，对自己旧日的沉迷，往往不禁为之哑然失笑。①

---

① 金庸：《倚天屠龙记》（二），生活·读书·新知三联书店1994年版，第607页。

第六章 瑰奇的白日梦

他知道殷离这一生，永远会记着蝴蝶谷中那个一身狠劲的少年，她是要去找寻他。她自然找不到，但也可以说，她早已寻到了，因为那个少年早就藏在她的心底。真正的人、真正的事，往往不及心中所想的那么好。[1]

这是张无忌给自己的解释，但要说是金庸给自己的解释，似乎也未尝不可。

第四节　英雄情结

人们总是渴望在现实生活中出现传说中的英雄，甚至自己就是那个传说中的身怀绝技（或者有特异功能，或者叫超能力，或者直接就是超人，说法不同，意思接近）、惩奸除恶、主持正义的英雄。人们普遍感叹"人心不古，世风日下"，随着科学、技术、经济的日益发展，现实生活中产生传说中的英雄的可能性日益减小，在人格普遍变得卑微、怯懦的可能性大大增强的同时，人们对英雄的呼唤也就日益强烈。这是一个文化现象，同时也是一个商机，而金庸正是顺应了这种要求，也就是说抓住了这个商机。

当然，看准这个商机的很多，和他同时代的武侠小说作家、武侠影视制作者，西方的英雄小说作家、英雄影视制作者都是。到今天，这个产业可能就更大了。玄幻小说、英雄小说、英雄影视作品的产量很大，但质量和金庸当时一样，低水平的占绝大多

---

[1]　金庸：《倚天屠龙记》（四），生活·读书·新知三联书店1994年版，第1584页。

数，水平高的是少数。前面提到过的《指环王》《哈利·波特》，还有没提到过的《黑客帝国》《阿凡达》，以及小说《冰与火之歌》改编的电视连续剧《权力的游戏》，就是这极少数的精品。几十年过去了，名称发生了改变，从身怀绝技到特异功能，到超能力，但其中的套路大同小异。主人公不管出身平凡还是高贵，大多从小凄苦，历经坎坷，最终成就了一番惊天动地的事业。与此同时，必有一个或几个美貌女子死心塌地地爱上他（因为到今天这还是一个男性社会）。下三滥的武侠小说套路大多是一个出身孤苦，背负血海深仇的书生，掉进一个洞，或是滚下山崖，看见一颗千年人参（灵芝、人形何首乌），或是一颗旷世灵丹，抑或一枚"天鹏彩卵"，服食后陡增百年功力。然后旁边一定有一本武功秘籍（之所以是书生，一则作者自以为是书生，二则这里必须识字。万一不识字，那这本秘籍必定是本图册），看一遍，不用练，武功就像鬼上身一样上了主人公的身。当然，旁边还得有一把奇门兵刃，或是一把削金断玉的宝剑，然后驰骋江湖，快意恩仇。其间必定有多个美女像苍蝇扑臭肉一样扑将上来。有的时候还会写得像黄色小说一样，想靠色情描写来吸引读者，可想而知，这不会有多大用。到日后的表现英雄的动漫、动漫改编的电影，里面的主人公也都一样，不用下苦功，或者是被一只神奇的蜘蛛叮了一下，或者是穿上一套神奇的铠甲，甚至是只要佩戴一枚神奇的徽章，便拥有了神奇的超能力；当然，还有一种主人公是超人或是变种人，不管叫什么，生来便有超能力。像金庸写郭靖苦练武功的极少，而即使是金庸的武侠小说，里面像郭靖这样苦练的也极少，大多也是像前面的那些轻易就能得来。像金庸这样的高手只是掩饰得很好，其实他们根本的套路是一样的。这

第六章 瑰奇的白日梦

个根本就是我们前面多次说过的他们的创作初衷，就是为了吸引读者。

他们创作的这一类作品，看准的就是我们前面说过的受众的英雄情结，然后有意或是无意地利用白日梦的原理，来达到自己的商业目的，所以他们必须顺应受众。很多人想要身怀绝技，但不愿意刻苦锻炼。正如很多人想发家致富，却不愿意辛勤劳动。我们国家刚发行彩票的时候，买彩票的地方经常排着长龙。我们有一句老话："马无夜草不肥，人无横财不富。"人们梦想一夜暴富，所以20世纪90年代香港的赌片曾大行其道。今天的人大多知道，在某一领域取得杰出成就的人，在人后他一定吃过常人难以想象的苦头。作为武术爱好者我们知道，想要身怀绝技，必须通过漫长、艰苦的锻炼才能获得，前提还得是有明师指导不走弯路，加上自己有这方面的天赋。功夫，就是要花大量的"功夫"下去才有可能获得，当然，花了大量的"功夫"还完全可能得不到功夫，而这是一般人难以接受的。所以一般人就只能在"梦中"去锤炼功夫，在"梦中"去获得超能力，然后在"梦中"去除恶扬善、匡扶正义，顺便收获爱情。所以这一类作品作者必须顺应大众的需求，让主人公轻易就能获得功夫，然后就能做英雄，做英雄该干的事，比如救美，比如拯救人类，比如拯救地球。好在创作者在满足受众白日梦的同时也能满足自己的白日梦，拿今天的话说是一个双赢的事。但这个双赢的事，具体做得怎么样，区别就大了。

金庸武侠小说也脱不开这个套路，但同时代的武侠小说都不能和他比肩。同样塑造的是英雄，人们耳熟能详的绝大多数都是他笔下的英雄。为什么呢？因为"功夫"区别大了。

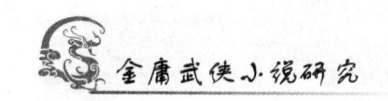

一喜之后，跟着又想："郭伯伯既不肯教，我又何必偷学他的？哼，这时他就是来求我去学，我也不学的了。最多给人打死了，好希罕么？"想到此处，又是骄傲，又感凄苦，倚岩静坐，竟在浪涛声中迷迷糊糊的睡着了。①

杨过这个"英雄"打动过无数的男男女女，究其原因，主要是金庸灌注在他身上的情。杨过就是一个情种，为情困，为情迷，为情苦，为情抗争，为情成就。金庸塑造的这个人物像一团火，走到哪里就烧到哪里，发光发亮，牵着读者的鼻子走，跟着他哭，跟着他笑，跟着他难过，跟着他欢喜。金庸主要就是用了他身上的"情"，这个我们每个人都有的、让我们成其为人的东西，成功地塑造了这个矫矫不群的，却又真实可信的英雄。如上面这段引文，金庸安排的这个细节，正是无数个这样的细节，在我们心中建立起了杨过自尊、骄傲、宁死不屈的形象。我们每个读者都有不同的性格，但是我们都有情，我们都会被感情支配，被感情折磨，被感情抚慰，所以当我们看到这样的作品，体验这样的"白日梦"，我们的真实感会非常强，代入感会非常强，也就是说非常过瘾，那么，作者也就非常成功了。当然，金庸在写这个人物的时候，代入感应该也非常强，他也应该非常过瘾。这就是真正的双赢了。

杨过已走下楼梯数级，猛见争端骤起，黄蓉眼下就要受辱，不由得激动了侠义心肠，还顾得甚么生死安危，飞身过

---

① 金庸：《神雕侠侣》（一），生活·读书·新知三联书店1994年版，第83页。

第六章 瑰奇的白日梦

去拾起武敦儒掉下的长剑，一招"青龙出海"，急向金轮法王后心刺去，喝道："黄帮主带病在身，你乘危相逼，羞也不羞？"①

金庸让自己笔下众多英雄形象树立起来的另一个重要因素就是：义。我们的传统文化里有非常糟糕的东西，也有非常好的部分，比如：义。孔子说："义者，宜也。"② 应该做的事情坚决去做，无论如何艰难困苦；不该做的事情坚决不做，无论怎样威逼利诱，这就是义，正义。上面引文说的"侠义"就包括在这"正义"之中。金庸塑造的杨过不论自己多么痛苦失意，从来不忘正义之所在，只要有需要，必定挺身而出，决不迟疑，更不要说退缩。这样的形象便有了光辉，这就是人性的光辉，这就是顶天立地的英雄形象。

韦小宝笑嘻嘻的向吴立身道："吴老爷子，刚才在皇宫之中，晚辈跟你说的是假名字，你老可别见怪。"吴立身道："身处险地，自当如此。我先前便曾跟敖彪说，这位小英雄办事干净利落，有担当，有气概，实是一位了不起的人物。鞑子宫中，怎会有如此人才？我们都感奇怪。原来是天地会的香主，那……嘿嘿，怪不得，怪不得！"说着翘起了大拇指，不住摇头，满脸赞叹钦佩之色。③

---

① 金庸：《神雕侠侣》（二），生活·读书·新知三联书店1994年版，第517页。
② （清）阮元校刻：《十三经注疏·礼记正义·中庸第三十一》，中华书局1980年版，第1629页。
③ 金庸：《鹿鼎记》（二），生活·读书·新知三联书店1994年版，第508页。

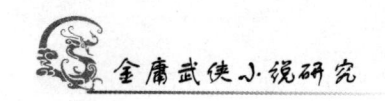

哪怕是对于韦小宝这样的小流氓，我们读到这里也不禁替他激动，替他骄傲。让我们替他激动、骄傲的就是"义"。前面金庸塑造的杨过，正是他的有情有义，让我们被他感动，对他认同。韦小宝这个小流氓的"英雄"形象能够成立，也正是在于他的有情有义，虽然他的情混杂的成分比较多，他的义有大小之分（真正的义没有大小之分）。

> 令狐冲心想："此时我已无路可走，倘若托庇于少林派门下，不但能学到神妙内功，救得性命，而且以少林派的威名，江湖上确是无人敢向方证大师的弟子生事。"
>
> 但便在此时，胸中一股倔强之气，勃然而兴，心道："大丈夫不能自立于天地之间，腼颜向别派托庇求生，算甚么英雄好汉？江湖上千千万万人要杀我，就让他们来杀好了。师父不要我，将我逐出了华山派，我便独来独往，却又怎地？"言念及此，不由得热血上涌，口中干渴，只想喝他几十碗烈酒，甚么生死门派，尽数置之脑后，霎时之间，连心中一直念念不忘的岳灵珊，也变得如同陌路人一般。①

令狐冲这个人物同样非常让人喜爱，说他有情有义那是绝对没有问题的。而这个角色最让人喜爱的正是上文中所表现的自尊、自爱，究其实质，则是天性的自由。我们从小读到裴多菲的"生命诚可贵，爱情价更高。若为自由故，二者皆可抛"，很多人可能觉得这首诗并不怎么样，甚至认为它不像诗。但是金庸一定

---

① 金庸：《笑傲江湖》（二），生活·读书·新知三联书店1994年版，第705页。

第六章 瑰奇的白日梦

觉得它好,在本书前面的引文中他就说过类似的话。崇尚自由就是人性光辉中的一部分,而且应该是最璀璨的部分之一。如果人生来就甘心被奴役,人绝不会被称为万物之灵。正是人性中对自由的渴望,让人类中一代代杰出之士,为了追求自由,捍卫自由,不惜牺牲一切,前赴后继,才能让我们到今天还能觍颜自称为万物之灵。而令狐冲这个形象最让人喜爱的就是他自由的天性。

金庸用真挚热烈的感情、坚定不移的正义感和对自由的无比珍视来塑造他笔下的英雄,让他们顶天立地地站立起来,给读者精神上极大的享受。这种享受不仅是他顺应了读者的白日梦需求,而且是因为他顺应了读者天性中对美好事物的需求、渴望。

> 对于先天遗传里有做艺术家倾向的人,白日梦的地位与所消耗的精神和时间是特别的来得多,而艺术家中尤以小说家为甚,这是很容易了解的一点:连环故事不往往就是一篇不成文的小说么?在一个平常的人,假如白日梦做得太多,甚至到了成人的年龄,还不能摆脱,那当然是一种不健康的状态,因为对于他,梦境不免代替了实境,从此教他对于实际生活,渐渐失去适应能力。不过,在艺术家,这危险是比较少的,因为在艺术品的创作里,他多少找到了一条路,又从梦境转回实境来。因为看到这种情形,所以福洛依特曾经提到过,艺术家的天赋里,自然有一种本领,教他升华,教他抑制,抑制的结果,至少暂时可以使白日梦成为一股强烈的产生快感的力量,其愉快的程度可以驱遣与抵销抑制的痛苦而有余。[①]

[①] [英]霭理士:《性心理学》,潘光旦译注,生活·读书·新知三联书店 1987 年版,第 129 页。

每个人的生活都有很多不足，每个人的心中都有很多缺憾，金庸在当初开始创作武侠小说时，肯定没有想到，他可以在小说创作中来弥补自己人生的缺憾，还能抚慰千千万万读者的心灵，在虚拟世界中满足他们的愿望，给他们以极大的精神享受。

金庸说过："我现在写是为了娱乐，但是十部写下来，娱乐性也很差了。也许要停写几年，才再继续写下去也说不定。现在娱乐自己的成分，是越来越少了，主要都是娱乐读者。"① 这段话似乎可以作为这里的佐证，也可以解释为什么他在写了《侠客行》《笑傲江湖》《鹿鼎记》三部文化色彩非常浓厚的小说后就再也不写小说了。

---

① 林以亮、王敬羲：《金庸访问记》，转引自费勇、钟晓毅《金庸传奇》，广东人民出版社1996年版，第371页。

后 记

本书开写到现在两年过去了,其间发生了很多事情。我的父亲过世了,金庸先生也过世了。而我的儿子也中学毕业,到上海读了一年大学了。

想起当年我到华东师范大学读硕士,当时和儿子现在一样大的19岁的女朋友(现在的妻子)给我送行,她说好想变成拇指姑娘,让我揣进荷包,跟我一起去上海。现在这本书的雏形就是当年的硕士学位论文,而24年过去了。

谨以本书献给我美丽、善良、勤劳、正直的妻子——刘颐。

袁 武

2019年冬至于鹿冲关

2020年3月1日再改于鹿冲关

2020年4月9日定稿于鹿冲关

2020年4月24日校订于鹿冲关